Über dieses Buch

Auch in diesen vier Hörspielen kann und will Siegfried Lenz den Erzähler nicht verleugnen. Er schreibt geradlinig gebaute, ehrliche Stücke, gewürzt mit amüsant-grotesken Elementen; seine Dialoge sind lesbar wie erzählende Prosa. Da hat ein spanischer Millionär die gesamte High society zum »schönsten Fest der Welt« eingeladen. Zwei arme Dorfbewohner versuchen, das Fest zu sprengen. Ihre Revolte erstickt jedoch im Gelächter der Gäste, die auf jede Beschimpfung nur mit Beifall reagieren. Erst recht werden die beiden als Helden des Abends gefeiert, als sie wie vorgesehen den Springbrunnen mit Dynamit in die Luft gehen lassen. ›Die Enttäuschung‹ berichtet vom Ausbruchsversuch einiger Häftlinge während einer Theateraufführung im Gefängnis, wobei die Absurdität des dargestellten Spiels im Spiel durch den Eingriff der Realität auf virtuose Weise erhöht und persifliert wird. Im ›Labyrinth‹ beseitigen enttäuschte ältere Damen diskret alle unliebsamen Männer, deren sie nur habhaft werden können. Aber die amouröse Vergangenheit meldet sich und bringt Sand in das Getriebe. Die ›Haussuchung‹ entlarvt die Karriere eines falschen Helden, der sich rühmt, in den letzten Kriegstagen eine Stadt vor Schaden bewahrt zu haben. Es sind Stücke, »an denen sich die treffsicher menschliche Schwächen offenbarende und dennoch nie verletzende, zynische oder ins Äußerliche übersteigerte Auseinandersetzung des Autors mit seiner Zeit besonders deutlich zeigt«. (Kölnische Rundschau)

Siegfried Lenz:

Haussuchung

Hörspiele

Mit einem Nachwort von
Heinz Schwitzke

Deutscher
Taschenbuch
Verlag

dtv

Von Siegfried Lenz
sind im Deutschen Taschenbuch Verlag erschienen:
Der Mann im Strom (102)
Brot und Spiele (233)
Jäger des Spotts (276)
Stadtgespräch (303)
Das Feuerschiff (336)
Es waren Habichte in der Luft (542)
Der Spielverderber (600)
Beziehungen (800)
Deutschstunde (944)

Ungekürzte Ausgabe
1. Auflage Mai 1970
4. Auflage September 1974: 41. bis 50. Tausend
Deutscher Taschenbuch Verlag GmbH & Co. KG,
München

Umschlaggestaltung: Celestino Piatti
Gesamtherstellung: C. H. Beck'sche Buchdruckerei,
Nördlingen
Printed in Germany · ISBN 3-423-00664-1

Inhalt

Das schönste Fest der Welt

Personen:

Marquis de Serpa, *Gastgeber*
Barbirolli, *sein Diener*
Vincente }
Paolo } *zwei Männer aus dem Dorf*
Olaf Maxwell Oppelsheimer, *amerik. Schriftsteller*
Mrs. Fletcher, *eine Dame aus Chicago*
Barbara, *ein ehrgeiziges Mädchen*
Baron Cockpitt, *ein galanter Ganove*
Herzog von Furley
Herzogin von Furley

Hammerschläge, Schleifgeräusche in der Ferne, Außenakustik.

PAOLO, *treu, aber dümmlich*: Wir müssen von der Mauer runter, Vincente. Hier können sie uns sehen.

VINCENTE, *was man als sympathisch bezeichnet*: Wer soll uns sehen?

PAOLO: Die Arbeiter.

VINCENTE: Die haben mit ihrem Springbrunnen zu tun. Bleib ruhig liegen. Wir müssen erst überlegen, wie wir zum Haus rüberkommen.

PAOLO: Weißt du denn überhaupt, ob der Marquis da ist?

VINCENTE: Er wird schon da sein. Paß auf, Paolo, wir gehen hinter den Büschen entlang, dann über den Weg zur Laube, und von dort kommen wir zur Terrasse. Wenn der Marquis uns erst sieht, kann uns keiner von den Lakaien vertreiben. Also los, komm!

Sprunggeräusche, Akustikwechsel, Innenraum.

MARQUIS DE SERPA, *halbwegs burschikos*: Barbirolli, wenn der Regen bleibt, sehe ich schwarz.

BARBIROLLI, *sehr monoton, servil, ein ehrwürdiges Dienerwesen von stilisierter Umständlichkeit*: Nach meinen letzten Erkundigungen steht für das Fest nichts zu befürchten, Herr Marquis. Über dem westlichen Atlantik ist ein Hoch gemeldet, das die Neigung verrät, zum Wochenende über der Bucht von Setubal zu erscheinen. Ein Tief über Island bewegt sich ordnungsgemäß auf die Sowjetunion zu. Seine Ausläufer streifen dabei die schottische Küste. Die Lufttemperatur –

MARQUIS: Red doch nicht immer so geschwollen. Das heißt also, das Wetter wird schön?

Da Barbirolli beleidigt schweigt

Entschuldige, wenn ich dir zu nahe getreten bin.

BARBIROLLI, *verstimmt referierend*: Der Küche wurden 25 zufriedenstellende Kälber geliefert, 14 Spanferkel und 2000 Krebse. Der Geflügelsalat ist hinreichend verführerisch.

MARQUIS: Hast du schon – im Vorbeigehen – reingehauen?

BARBIROLLI, *leicht zurechtweisend*: Ich pflege ihn nie vor den Gästen zu probieren.

MARQUIS: Wie lange bist du eigentlich schon in unserem Haus?

BARBIROLLI, *monoton, als ob er schon öfter danach gefragt wurde*: 25 Jahre, 4 Monate bei Ihrem seligen Herrn Vater, und 11 Jahre, 9 Monate bei Ihnen, Herr Marquis. Nach den landläufigen Regeln der Mathematik ergibt das eine Endsumme von 37 Jahren und einem Monat.

MARQUIS: Dann darfst du ab heute v o r den Gästen probieren.

BARBIROLLI, *nach abweisendem Räuspern*: Mit der heutigen Morgenpost geruhten die letzten Herrschaften ihre Zusage zu schicken. Es sind dies: Baron Cockpitt, Olaf Maxwell Oppelsheimer, der Herzog von Furley sowie Mrs. Fletcher, Chicago. Alle 912 Einladungen sind damit dankend angenommen und beantwortet.

MARQUIS: Nur nicht vom Wettergott, Barbirolli. Schade, daß er nicht bestechlich ist. Was machen wir, wenn's Kuhfladen regnet?

BARBIROLLI, *indigniert, überhört die Frage, fährt statt dessen fort*: Die Posthörner, auf denen zum Empfang geblasen wird, sind eingetroffen, desgleichen 60 Paar weiße Strümpfe für die Lakaien. Der Zirkus Andersen will uns gegen Leihgebühr einen Elefanten vermieten, von dem aus der Herr Marquis seine Gäste zu begrüßen wünschten.

Zweitausend Tabletten gegen Magenverstimmung sind gekauft und liegen bereit.

MARQUIS: Wo liegen sie bereit?

BARBIROLLI, *räuspert sich*: Sie werden zu gegebener Zeit auf kleinen Tischen im Park zu finden sein. –

Die künstlichen Schwäne – *Unterbricht sich plötzlich.*

MARQUIS: Was ist mit den künstlichen Schwänen?

BARBIROLLI, *etwas leiser, als ob er etwas entdeckt hätte*: Ich stelle anheim, das Jagdgewehr von der Wand zu nehmen. Wenn ich mich recht erinnere, ist es geladen.

MARQUIS: Wieso? Was ist los?

BARBIROLLI: Auf der Terrasse haben sich zwei Männer eingefunden. Sie sehen auf eine Art durchs Fenster, die weder gute Erziehung noch gute Absichten verrät. Beide sind barfuß. Wünschen Sie das Jagdgewehr?

MARQUIS: Du bist wohl nicht gescheit, Barbirolli. Ich kenne die Männer. Der eine ist Vincente, mein Schwimmlehrer. Hol sie herein!

BARBIROLLI, *eisig*: Durch welchen Eingang wünschen Sie die Männer eintreten zu sehen?

MARQUIS: Durch irgendeine Tür, wenn's geht. Vielleicht bemühst du dich höchstpersönlich, die paar Schritte zu tun und ihnen zu öffnen.

Schritte, Tür auf.

BARBIROLLI: Da die Tür offen ist, erübrigt es sich, daß ihr eure Gesichter gegen die Scheibe drückt.

MARQUIS, *aus dem Hintergrund*: Hallo Vincente! Tag, Paolo. Kommt rein! Barbirolli, bring was zu trinken.

BARBIROLLI: Die Herren möchten nichts trinken.

MARQUIS: Woher willst du das wissen? Bring sofort zwei Martini, aber schnell.

VINCENTE: Er hat recht, Herr Marquis, wir möchten nichts trinken. Wir gehen sofort wieder.

MARQUIS: So feierlich? Nun, setzt euch erst mal hin. *Kleine Pause.* Barbirolli, mach nicht immer ein Gesicht, als ob es dich juckt. Du kannst gehen, ich bin soweit zufrieden.

Schritte entfernen sich.

Nun, was ist los? Warum kommt ihr über die Terrasse geschlichen?

VINCENTE: Weil wir nicht gut genug angezogen sind, um von Barbirolli bei Ihnen vorgelassen zu werden.

MARQUIS: Was gibt's, Vincente?

VINCENTE, *zögernd*: Sie wissen, Herr Marquis, daß wir Ihre Freunde sind. Viele im Dorf sind Ihre Freunde. Aber sie werden es nicht mehr sein, wenn das Fest stattfindet.

MARQUIS: Ja, aber warum denn nicht?

VINCENTE: Die Leute im Dorf sind arm, Herr Marquis. Es hat sich herumgesprochen, daß Sie für dieses einzige Fest über eine Million Peseten ausgeben wollen. Miguel war in englischer Gefangenschaft und hat dort rechnen gelernt. Er hat ausgerechnet, daß jede Familie im Dorf sechshundert Peseten bekäme, wenn Sie das Geld verteilten.

MARQUIS: Ach!?

VINCENTE: Wer arm ist, rechnet unruhig, Herr Marquis. In der heutigen Zeit sehen viele Leute im Dorf ein solches Fest als Herausforderung an, als Lästerung. Ihr Herr Vater, Ihr Herr Großvater, alle Ihre Vorfahren haben den Leuten im Dorf geholfen. Sie aber wollen ein Fest feiern, während die Leute hungern. Sie werden nicht erlauben, daß das Fest stattfindet.

MARQUIS: Die Leute im Dorf, die Leute im Dorf ... und was meint ihr dazu?

VINCENTE: Wir werden es auch nicht dulden.

MARQUIS: So. Ihr auch nicht.

PAOLO: Das stimmt.

VINCENTE: Unter Umständen werden wir das Fest mit Gewalt sprengen. Das wollten wir Ihnen vorher sagen, Herr Marquis. Wir sind zu Ihnen gekommen, weil wir Ihre Freunde sind.

MARQUIS: Die Wetternachrichten lauten entschieden freundlicher als eure Botschaft. *Pause; überraschend* Also gut. Von mir aus versucht, uns zu stören. Ich habe nichts dagegen. Wenn ihr nicht anders könnt – bitte! Schlagt das Fest auseinander. Haut dazwischen wie bei der Thunfischjagd. Ich bin gespannt, ich freue mich sogar darauf.

PAOLO, *irritiert*: Wieso? – Wir wollen doch eigentlich – könnten Sie das Fest nicht absagen, Herr Marquis? So gern sprengen wir es wieder nicht. Wir meinten nur: wenn's gar nicht anders geht.

MARQUIS: Nein, es geht nicht anders. Absagen kann ich nicht mehr – aber warum auch? Sprengen ist eine hübsche Idee. Solch eine Idee kann sich nur leisten, wer arm ist. Armut ist ein gutes Argument. Über den Zorn der Armut wird sich niemand aufregen. – Zeigt es uns nur, uns müden Snobs, nicht wahr?

VINCENTE: Sie meinen das doch nicht im Ernst, Herr Marquis?

MARQUIS: Völlig im Ernst.

VINCENTE: Wir sind doch alte Freunde.

MARQUIS: Eben. Weil wir alte Freunde sind, darum werdet ihr mir den Gefallen tun.

VINCENTE, *etwas ratlos*: Ich glaube, wir müssen jetzt gehen, Paolo. Es tut uns leid, Herr Marquis, aber wenn Sie nicht absagen können –

MARQUIS: Leider nicht. Meine Gäste sind schon unterwegs. Sie kommen aus Amerika, Australien, Indien, um das Fest nicht zu versäumen. – Ich wünsche euch viel Glück. Und wundert euch nicht zu sehr über die Folgen.

PAOLO: Was für Folgen?

MARQUIS: Es wird einige Folgen haben, mein lieber Paolo. Ganz natürliche, so wie eben alles seine Folgen hat.

VINCENTE: Komm, Paolo. Es tut uns leid, Herr Marquis. Sie sehen uns wieder.

Pause

BARBIROLLI, *glücklich referierend*: Da sie freiwillig gegangen sind, kann ich das Jagdgewehr an seinen alten Platz hängen. Ich habe mir erlaubt, es herunterzunehmen. Es hätte Ihnen nichts zustoßen können, Herr Marquis. Der Lauf war während der ganzen Unterhaltung auf die Brust des Mannes gerichtet, der Ihnen zunächst saß.

MARQUIS: Dann hast du ja auch gehört, was sie wollten.

BARBIROLLI: Bedaure, nein. Das Zielen nahm meine ganze Aufmerksamkeit in Anspruch.

MARQUIS: Sie wollen das Fest sprengen –

BARBIROLLI: Unter diesen Umständen empfiehlt es sich, hinter ihnen herzuschießen. Es wäre vorbeugende Notwehr.

MARQUIS: Ich kann doch gute alte Freunde nicht erschießen.

BARBIROLLI: Ihr Herr Vater hätte gewiß nicht gezögert.

MARQUIS: Dem fiel nichts anderes ein. Aber ich halte den Griff nach dem Gewehr für das Eingeständnis einer diplomatischen Niederlage. Ich sage dir, Barbirolli, sie werden das Fest nicht sprengen.

BARBIROLLI: Darf ich fragen, worauf sich Ihre Gewißheit stützt?

MARQUIS: Sie können es nicht mehr tun, weil ich sie dazu ermuntert habe. Wem man Mut macht, Barbirolli, dem nimmt man den Mut.

BARBIROLLI: Ich hoffe, daß diese Art Leute Ihren psychologischen Scharfsinn zu schätzen wissen, Herr Marquis.

MARQUIS: Eine sehr gewagte Aufforderung, das weiß ich auch. Aber sie wird Erfolg haben.

BARBIROLLI: Herr Marquis wollen sagen: sie wird hoffentlich keinen haben. Aber ob die Ernte erfolgreich war, pflegt sich erst herauszustellen, wenn man gedroschen hat.

MARQUIS: Barbirolli! Mein Plan ist doch ganz einfach. Stell dir vor, du willst einen Menschen ins Wasser stoßen. Wenn er nun aber zu dir sagt: Bitte sehr! und dreht dir den Rücken zu – fällt es dir dann nicht schwerer?

BARBIROLLI: Da ich gemeinhin keine Menschen ins Wasser stoße, fehlt mir zu diesem Vergleich die Erfahrung.

MARQUIS: Ich bin sicher, sie werden das Fest nicht sprengen ... Wenn sie es doch versuchen sollten? ... Was kann ich jetzt noch dagegen tun? ... Die Gäste aus allen Ländern sind doch schon unterwegs. Im Auto, zu Schiff, mit dem Flugzeug: ich kann sie nicht mehr erreichen ...

Akustikwechsel. Flugzeuggebrumm in der Ferne. New Yorker Flughafenrestaurant.

OPPELSHEIMER: Mein liebes Kind, es war wirklich nicht einfach.

BARBARA, *aufgeregt*: Haben Sie noch eine Einladung für mich bekommen, Maxwell? Ja oder nein ...

OPPELSHEIMER: Ja, ich habe sie bekommen. Aber auf dem schwarzen Markt. Sie kostet zwölfhundert Dollar ... Was tut man nicht alles, um Sie von der Bühne fernzuhalten, liebes Kind.

BARBARA: Ich habe etwas Geld. Achthundert kann ich Ihnen gleich zurückgeben. Den Rest werde ich mir drüben in Europa irgendwie pumpen.

OPPELSHEIMER: Sie sehen mich in der traurigen Lage, das Geld annehmen zu müssen.

BARBARA: Und ich sehe mich in der traurigen Lage, mir eine Einladung zu dem Fest besorgen zu müssen. Meine Mutter wäre bestimmt richtig eingeladen worden.

OPPELSHEIMER: Allerdings. Aber vergessen Sie nicht, daß Ihre Mutter bis zum letzten Tag eine berühmte Frau war – und eine ebenso berühmte Schauspielerin. Der Gastgeber, der Marquis de Serpa, hat ihretwegen nicht geheiratet. Ich bin sicher, mein liebes Kind, wenn Sie nicht nur den Ehrgeiz, sondern auch das Talent Ihrer Mutter hätten ... dann ...

BARBARA: Ach was! Talent! Das Talent kommt mit dem Ruhm! Als meine Mutter so alt war wie ich, konnte sie auch nicht mehr. Sie hat auch einmal angefangen. Warum ist meine Mutter denn so berühmt geworden? Weil sie vieldeutig lächeln und Schmachtfetzen singen konnte, das ist alles.

OPPELSHEIMER: Das ist sehr viel, meine liebe Barbara. Wenn Vera, ich meine, wenn Ihre Mutter einen Schmachtfetzen sang, fühlte man sich wie ein Verdurstender. Da war mitten in der Wüste die Zisterne der Verheißung ... Wenn Sie singen – Verzeihung – sehe ich nur Luftspiegelungen. Ihr Agent ist auch dieser Meinung. Sie haben zu wenig Sündhaftigkeit, mein Kind. Die vollkommene Sünde lädt uns traurig ein und etwas hinfällig. Bei Ihnen ist zuviel Gesundheit, zuviel Pampelmusensaft.

BARBARA: Danke für das Kompliment. Aber davon verstehen Sie nichts. Sie sind ein anderer Jahrgang. Sind Sie mir böse, wenn ich Sie ab heute Väterchen nenne?

OPPELSHEIMER: Wenn es ohne Verpflichtungen für mich abgeht, habe ich nichts dagegen. Hier ist Ihre Einlaßkarte.

BARBARA: Danke. Und hier sind die achthundert Dollar.

OPPELSHEIMER: Ich glaube, wir fliegen mit dem Stratokreuzer da drüben.

BARBARA: Ich weiß. *Pause*

OPPELSHEIMER: Barbara?

BARBARA: Hm.

OPPELSHEIMER: Ich glaube, ich bin es Vera, Ihrer Mama, schuldig, Sie noch einmal zu warnen –

BARBARA: Hoffentlich zum letztenmal.

OPPELSHEIMER: Es ist unvernünftig, daß Sie mit aller Gewalt zu diesem Fest wollen, Barbara. Ich weiß, daß Sie Ihre ganzen Ersparnisse aufs Spiel gesetzt haben. Sie haben sich sogar noch Geld gepumpt. Erlauben Sie, mein Kind, daß ich diese Handlung töricht nenne. Ich vermute, mit welchen Erwartungen Sie dorthin fahren. Ich bin gespannt, was Sie hinterher machen, wenn der Katzenjammer auftritt.

BARBARA: Oh, da können Sie unbesorgt sein. Erst einmal möchte ich dabei sein. Dabei sein ist alles. Und dann werde ich zu Ihnen kommen, und Sie werden mir die Hauptrolle in Ihrem nächsten Stück geben. Aus lauter Mitleid. Sie werden es doch tun, Väterchen?

OPPELSHEIMER: Damit mein Stück mit Ihnen durchfällt? Zweimal, meine Liebe, habe ich mich dazu überreden lassen. Diesmal beißen Sie auf Granit.

BARBARA: Zwei Durchfälle können einen Menschen nicht versteinern, Väterchen. Ich mach mir wirklich keine Sorgen, was nach dem Fest kommt. Väterchen wird schon aufpassen.

OPPELSHEIMER: Väterchen wird Sie verheiraten, meine Teuerste. Und Sie werden sechs Kindern das Leben schenken und sie mit Milch und Pampelmusensaft zu Staatsbürgern machen. Dafür wird Väterchen sorgen. Und wenn Sie auf die Hauptrolle in meinem nächsten Stück verzichten, wird Väterchen sogar die Hochzeit bezahlen. Wenn Sie darauf bestehen, seine Hauptrollen zu ruinieren, hält er die Taschen zu. Überlegen Sie sich's noch, Barbara.

MRS. FLETCHER, *entfernt*: Maxwell, halloh! Hier bin ich!

OPPELSHEIMER, *plötzlich mit verändertem Tonfall, aufgeregter, korrekter*: Sie müssen uns nun allein lassen, Barbara. Mrs. Fletcher gibt den Vorschuß für mein Stück. Sie wäre finanziell beunruhigt, wenn sie uns zusammen sähe. Also, bis später, mein Kind.

BARBARA: Kriege ich die Hauptrolle?

OPPELSHEIMER: Nein.

BARBARA: Ich warne Sie, Väterchen.

OPPELSHEIMER: Wenn Sie uns nicht allein lassen, Barbara, kommt es überhaupt nicht zur Aufführung. Gehn Sie schon vor zum Flugzeug.

BARBARA: Soll ich einen Platz für Sie reservieren?

OPPELSHEIMER: Nein danke.

Mrs. Fletcher ist aufgekreuzt.

Guten Tag, meine Gnädigste. Wie befinden wir uns?

MRS. FLETCHER: Danke, mein lieber Maxwell, die Saison hat mich etwas überanstrengt. Leute mit unseren gesellschaftlichen Verpflichtungen müssen schon fliegen, um mal zu schlafen.

STIMME ÜBER LAUTSPRECHER, *im Freien*: Pan American Airways announces departure of XC 4 ...

Bitte einsteigen zum Flug nach Lissabon ...

Motorengeräusch, einmal laut, dann ausblenden.

MRS. FLETCHER: Ich hoffe, daß wenigstens das Fest nicht langweilig wird.

OPPELSHEIMER: Das ist kaum zu befürchten. Dafür ist die Zeit zu ernst. Die schönsten Feste werden unter dem Schafott gefeiert.

MRS. FLETCHER: Sehr originell. Ich habe vor nichts mehr Respekt als vor der Langenweile ...

Motorengeräusch verschwindet. Im Freien am Bach.

HERZOG, *zynisch-elegisch*: Ich bin sehr gespannt.

HERZOGIN: Ob ein Fisch anbeißt?

HERZOG: Nein, wie das Fest bei diesem Serpa wird. Welche Anmaßung, bekanntzugeben, es werde das schönste Fest der Welt sein.

HERZOGIN: Die Idee könnte von dir sein.

HERZOG: Sie ist von mir. Er hat sie mir nur entwendet.

HERZOGIN: Ein mißratener Mann. Du willst doch nicht etwa hinfahren? Zumal er dein Feind ist? –

HERZOG: Gerade weil er mein Feind ist, werde ich es tun. Gute Freunde sind uninteressant, man braucht sie nicht zu besuchen. Bei seinen Feinden hingegen muß man sich ab und zu sehen lassen. Das ist man ihnen schuldig – und der Höflichkeit. Außerdem kann es mißlingen, und dann muß man dabeigewesen sein.

HERZOGIN: Als Herzog von Furley kannst du dir das eigentlich nicht leisten. Du hast Nebengründe, wie ich dich kenne. Ich gehe wohl kaum in die Irre, wenn ich annehme, daß hinter deiner Reiselust eine Leidenschaft steckt, wie?

HERZOG: Wer Leidenschaft zeigt, meine Liebe, ist ein Tor oder ein Grobian. Es wäre fatal, wenn man mir das nachsagte. *Pause.* Die Fische wollen ja ohnehin nicht anbeißen, also fahre ich.

HERZOGIN: Warum hängst du eigentlich die Angel ins Wasser? Du würdest doch nicht etwa einen armen Fisch töten? Falls du einen fängst?

HERZOG: Ich werde keinen fangen, meine Liebe. Das ist so sicher wie der fünfzehnte Autounfall deines Freundes Pembski. Ist er übrigens von seinem vierzehnten wiederhergestellt?

HERZOGIN: Er ist es. – Dein Entschluß, die Einladung anzunehmen, ist also unwiderruflich?

HERZOG: Er steht fest. Die einzige Sorge, die ich habe, ist, daß du dich in meiner Abwesenheit langweilen könntest.

HERZOGIN: Deine Rücksicht ist ohne Beispiel. Wenn deine Vorfahren auch so rücksichtsvoll gewesen wären, hätten sie kaum ein Dorf erobert.

HERZOG: Ich habe für den Ausgleich gesorgt, indem ich ganze Länder durch Rücksichtnahme verlor. Ich denke, das hebt sich auf, und du läßt meine Vorfahren besser aus dem Spiel.

HERZOGIN: Aber wenn nun ein großer Fisch anbisse, ein Delphin beispielsweise, oder ein Tintenfisch. Fühlst du dich stark genug, es mit einem Tintenfisch aufzunehmen?

HERZOG: Wenn der Tintenfisch Pembski heißt, durchaus. Ich gehe wahrscheinlich ebensowenig in die Irre, wenn ich annehme, daß du seinetwegen hierbleibst.

HERZOGIN: Immerhin weißt du mich bei ihm gut aufgehoben. Von dir weiß ich indes nicht, wem du auf diesem Fest zur Seite gehen wirst. Wahrscheinlich wirst du aber deiner Gewohnheit treu bleiben.

HERZOG: Du meinst: Mrs. Fletcher. Sehr taktvoll, meine Liebe, den Namen zu umschreiben. Aber du hast recht. Die Damen, die aus den Staaten kommen, haben einiges für sich. Sie betrachten die Liebe als eine Art höherer Chemie . . . Da ich nie eine große Leuchte in Chemie war, versuche ich jetzt, ein wenig nachzuholen.

HERZOGIN: Vielleicht wird man dir eines Tages einen Lehrstuhl anbieten.

HERZOG: Ich zöge andere Möbel vor. – Gib inzwischen acht auf Pembskis Autos. Sie sehen so sargähnlich aus.

HERZOGIN: Das ist sehr reizend von dir. Von seinen vierzehn Autounfällen habe ich nur sechs miterlebt.

HERZOG: Wenn es dir recht ist, werde ich nach dem zehnten, an dem du teilnimmst, ein Bankett geben. Es wäre ein origineller Anlaß, was meinst du?

HERZOGIN: Ich glaube schon.

Musik, wird lauter, Übergang zu Fanfaren.

MARQUIS: Barbirolli! Wo ist denn dieser blöde Elefant?

BARBIROLLI: Herr Marquis, das Tier wartet an einem Baum und beschäftigt sich eingehend mit den Magnolien. Nach der Menge zu urteilen, die es bereits gefressen hat, scheint es im Zirkus nicht allzu gut gefüttert zu werden.

MARQUIS: Die Hauptsache, er rennt nicht weg.

BARBIROLLI, *referierend*: Die Gäste sind, ausnahmslos kostümiert, auf den drei Terrassen versammelt. Ihre augenblickliche Stimmung wäre als träge Erwartung zu bezeichnen. Zu bemerken ist noch, daß sich ihre Zahl genau um 800 vergrößert hat. Alle haben Einladungen.

MARQUIS: Wunderbar. Das sind die Karten vom schwarzen Markt. Ich sehe, es steht alles zum besten. Wie findest du mich als Maharadscha, Barbirolli?

BARBIROLLI: Auf der Terrasse stehen 126 Herren im Kostüm eines Maharadschas. Sie heben sich in keiner Weise von Ihnen ab, Herr Marquis.

MARQUIS: Gibt es sonst noch etwas?

BARBIROLLI: Die Streicherkapelle ist im Pavillon am Ufer untergebracht, die Rumba-Kapelle bei den Leuchtfontänen. Bei einem der künstlichen Schwäne für das Ballett steht zu befürchten, daß der Motor nicht anspringt. Falls er sich nicht bewegt, könnte der Schwan von den anderen gerammt werden.

MARQUIS: Man soll diesen Schwan vorher versenken. Und jetzt

geleite mich zu dem Elefanten und gib mir die Leuchtpistole. Ich muß die Gäste begrüßen.

Kurz eine indische Melodie, parodierend, dann aus der Ferne.

Meine Damen und Herren, von der Höhe dieses Dickhäuters herab möchte ich den Versuch machen, die Bedeutung dieser außerordentlichen Veranstaltung zu würdigen. Die Crême der Welt hat sich maskiert, um sich ins rechte Licht zu setzen und um sich schließlich zu demaskieren. Wenn die bengalischen Kugeln steigen . . .

Man hört ihn undeutlich weiterreden. Akustikwechsel.

PAOLO, *unterdrückt aus der Höhe, aber nah*: Vincente! Sie schießen Lichtkugeln. Ich muß vom Baum runter.

VINCENTE: Bist du da oben schon fertig?

PAOLO: Nein, aber sie könnten mich sehen.

VINCENTE: Erst muß der Lautsprecher fest sein. Rutsch noch mehr hinter den Stamm. Hast du genug Haken?

PAOLO: An einem hängt er schon fest genug.

VINCENTE: Beeil dich, Paolo. Und dreh den Lautsprecher mit dem Loch zum Park.

PAOLO: Das weiß ich allein.

Rasche Hammerschläge, etwas entfernt.

MARQUIS: . . . und so gibt es keine größere Ehre für mich als Ihr Erscheinen, Ihre Gegenwart. Wie sollte es möglich sein, mit so erlauchten Gästen etwas anderes zu feiern als: das schönste Fest der Welt!

Böllerschüsse, Musik, Beifall.

PAOLO: Ich bin fertig. Der hängt jetzt fest. Hast du das Kabel?

VINCENTE: Alles klar.

PAOLO: Achtung, ich komm runter. *Sprunggeräusch*

VINCENTE: Wir müssen noch mal zum Springbrunnen.

PAOLO: Wieso? Da ist alles in Ordnung. Ich habe zwei Zündpatronen unter die wasserspeienden Frösche gelegt.

VINCENTE: Wir müssen trotzdem noch mal nachsehen.

PAOLO, *mit gekränktem Berufsstolz*: Wer ist hier eigentlich der Fachmann, du oder ich? Hm? Wenn ich dir sage . . . Pst! Paß auf, da kommen zwei Gäste.

VINCENTE: Kein Wort sagen, auch wenn du angesprochen wirst. Wir tun so, als ob wir dazu gehören. Komm! Und lächeln, Paolo, lächeln. Steck die Zange in die Tasche. Zeig nicht so die Zähne.

PAOLO: Ich zeige, was ich will.

MRS. FLETCHER: Schaun Sie doch nur, Herzog, die beiden

Herren sind barfuß. Welch eine gute Idee! Kennen Sie die? Ich wünschte, ich könnte auch barfuß gehen. Aber ich muß diese albernen Einlagen tragen. Tragen Sie auch Einlagen, Herzog?

HERZOG: Ich trug sie in meiner Jugend.

MRS. FLETCHER: Kork- oder Gummieinlagen?

HERZOG: Kork. – Nein, die Herren kenne ich nicht.

MRS. FLETCHER: Ich glaube, der eine ist tatsächlich Fürst Sombrinski. Ich lernte ihn in Neapel kennen. Reizend, nur spricht er sehr viel. *Pause*

Guten Abend, mein Fürst. Welch ein gesundes Kostüm.

HERZOG: Ich erlaube mir, Sie zu beglückwünschen.

VINCENTE, *leise zischend*: Paolo, kein Wort.

MRS. FLETCHER: Das ist wirklich eine Überraschung.

HERZOG: Ihr Kostüm ist täuschend echt.

MRS. FLETCHER: Hallo, Fürst Sombrinski, kennen Sie mich nicht mehr?

HERZOG: Originell, uns einfach stehen zu lassen. Dies Benehmen gehört wohl zur Maske. Sie steuern auf die Tanzfläche zu.

MRS. FLETCHER: Nein, welch ein reizender Einfall vom Fürsten! Und welche Selbstüberwindung muß es ihn kosten zu schweigen, wo er sonst so geschwätzig ist.

Pause, Musik kommt näher.

PAOLO: An der Terrasse steht dieser Barbirolli, Vincente. Vor dem müssen wir uns am meisten in acht nehmen.

VINCENTE: Immer ruhig bleiben, dann passiert nichts.

PAOLO, *finster*: Paß auf. Bleib stehen. Die Sprengpatronen stekken unter den beiden äußeren Brunnenfröschen. Am Hinterschenkel. – He! Wo guckst du hin?

VINCENTE: Sieh mal das Mädchen da mit dem Burschen. Wie die tanzen.

PAOLO, *düster*: Kann uns doch egal sein.

VINCENTE, *erregt*: Der hat Arme wie ein Krake. Hält sie fest wie mit Saugnäpfen. Hast du gesehen? Eben hat er ihr die Kette geklaut.

PAOLO: Der Krake?

VINCENTE: Jetzt hören sie auf ... sie gehen weg ... So ein ... *Zu den Tanzenden* Lassen Sie mich durch!

PAOLO: Bleib hier, Vincente! Bist du wahnsinnig? Du verrätst ja alles.

Tanzmusik etwas lauter.

BARBARA: Sie tanzen wirklich wunderbar.

COCKPITT: Das liegt ausschließlich an der Partnerin. Cockpitt, mein Name, Baron.

BARBARA: Sie sind Europäer, nicht wahr?

COCKPITT: Wir stammen direkt von Ludwig dem Kind.

BARBARA: Sie sind aber schon hübsch erwachsen.

COCKPITT: Diese Nacht ist wie geschaffen zur Freude.

BARBARA: Aber nicht an meinem Hals. Da bin ich kitzlig. Ein reizender Gastgeber, der Marquis. Er war ein guter Freund meiner Mutter. Unter uns: ihretwegen hat er nicht geheiratet.

COCKPITT: Wenn man die Tochter sieht, kann man ihm das nachfühlen.

BARBARA: Oh, danke. *Pause*

VINCENTE: Sie da, he! Halten Sie mal an.

COCKPITT: Was erlauben Sie sich!

BARBARA: Was fällt Ihnen eigentlich ein!

VINCENTE: Du bist ganz still, Mädchen. – Nehmen Sie Ihre Polypenarme von der Dame. Könnt' Ihnen so passen, hier im Dunkeln zu verschwinden!

BARBARA: Ich rufe um Hilfe.

COCKPITT, *ängstlich*: Aber nein doch, das ist nicht nötig. Ich werde mit dem Herrn schon einig.

VINCENTE: So. Geben Sie der Dame sofort die Kette zurück, die Sie ihr eben geklaut haben. Sonst wisch' ich Ihnen eine.

COCKPITT, *verächtlich*: Bitte, wenn Sie darauf bestehen. Ganz billige Imitation.

BARBARA: Aber das ist ja – das ist ja gar nicht meine Kette.

COCKPITT: Hören Sie? Und wenn Sie jetzt keinen Frieden geben, hol ich einige Lakaien.

BARBARA: Aber wo ist denn wirklich meine Kette geblieben, Baron?

COCKPITT: Mein Herr, Sie verleumden mich. Ich fordere diskret Genugtuung.

VINCENTE: Die können Sie gleich hier haben.

Geräusch eines Kinnhakens, Cockpitt röchelt.

BARBARA: Linker Aufwärtshaken. Genau auf den Punkt. Da ist gar nichts zu machen. *Bewundernd* Sind Sie Boxer?

PAOLO: Vincente, wenn jetzt der Barbirolli kommt! Los! Weg hier!

VINCENTE: Muß erst seine Taschen nachsehen.

BARBARA: Sie gehören wohl zum Freundeskreis des Marquis. Sorgen Sie hier für Ordnung?

VINCENTE: Nur aus Sport ... Hier: sehen Sie. Ihre Kette!

BARBARA: Oh! Dieser Baron stiehlt. Aber gewiß nur so als Snob. Ich habe Freunde, die stehlen leidenschaftlich gern silberne Aschenbecher als Andenken.

PAOLO: Nee, der kommt mir bekannt vor. Mir ist, mit dem hab' ich gesessen.

BARBARA, *lacht*: Ihr Freund hat wirklich Humor. Gesessen!

PAOLO: Wenn Sie über meine Leidenszeit lachen, junge Dame, dann will ich Ihnen mal sagen: Ich hab' in Sing-Sing die elektrischen Stühle repariert.

BARBARA: Aber Sie sind ja köstlich, mein Lieber. Wo spielen Sie?

PAOLO: Was heißt hier spielen?

BARBARA: Theater oder Film? Ich würde gern mal mit Ihnen zusammen auftreten. – Ach – es ist zu komisch – ich muß mich setzen ... Ein aufregender Abend. Ich bin ganz schwindlig – Danke, Herr ... Wie heißen Sie eigentlich?

VINCENTE: Vincente.

BARBARA: Schöner Name. Ich heiße Barbara. – Wollen Sie mir nicht die Kette um den Hals legen? Ich kann das allein nicht so gut.

VINCENTE: Gern.

BARBARA: Oben ist so ein Sicherheitsschloß.

VINCENTE: Sie haben schönes Haar, Barbara.

BARBARA: Ich weiß. Daran gewöhnt man sich.

VINCENTE: Ich würde mich nicht daran gewöhnen.

BARBARA: Oh ... Ich glaube, ich bin immer noch schwindlig. Darf ich meinen Kopf an Ihre Brust legen? Sie sind so echt tätowiert ...

PAOLO: Erst will sie mit mir spielen, dann spielt sie mit dir.

Cockpitt röchelt.

VINCENTE: Kümmer dich um den Leichnam da. Bring ihn fort und leg ihn irgendwo ab.

PAOLO: Ja, ›bring ihn fort!‹ ... Du hast gut reden. Und wenn uns Barbirolli sieht, was soll ich dann sagen?

VINCENTE: Daß er besoffen ist und du ihn stützen mußt.

PAOLO: Na ... die Sprengung fängt gut an. Komm, mein Adler. Upp! Aufwärts ...

COCKPITT: Bitte gnä' Fräulein, mein' kleinen Schwächeanfall zu entschuldigen.

PAOLO: Gott sei Dank: er ist nicht tot. Mensch, red nicht, komm.

BARBARA: Mildernde Umstände, wie?

VINCENTE: Haben wir die nötig?

BARBARA: Wir?

VINCENTE: Sie und ich.

BARBARA: Es ist ja noch gar nichts passiert!

VINCENTE: Aber es könnte vielleicht ...

Blende

BARBIROLLI: Paolo! Ich stelle dir anheim, das Fest unauffällig zu verlassen. Sonst müßte ich zu Maßnahmen greifen.

PAOLO: Reg dich bloß nicht auf, Barbirolli.

BARBIROLLI: Arm in Arm mit dem Herrn Baron Cockpitt durch den Park zu wandeln, das ziemt sich für deinesgleichen auch dann nicht, wenn der Herr Baron geruht, unwohl zu sein und der Stützung zu bedürfen.

PAOLO: Ich wollte ihn bloß irgendwo flach legen.

BARBIROLLI: Dieses Haus ist mit geschulter Dienerschaft in genügender Zahl versehen. Du kannst gehen. Und wenn du es nicht allein kannst – hinter mir stehen drei Lakaien. Es steht zu befürchten, daß deine Rippen mit ihren Fäusten Bekanntschaft machen.

PAOLO: Eher liegst du im Teich, Barbirolli. Weh dir, wenn mich einer anfaßt.

BARBIROLLI: Drohungen solch niederer Art ... die können mich höchstens veranlassen, dir den Rücken zuzudrehen! Bitte. Ich fürchte mich nicht. Los! Ich wende mich ab und erwarte den Stoß. *Referierend* Nicht wahr: darauf bist du nicht gefaßt? Du kannst es nicht mehr tun, weil ich dich dazu ermuntere. Indem ich dir Mut mache, nehme ich dir den Mut. Tja, Paolo: du siehst ...

Dreht sich um, aber Paolo ist weg.

Aber wo ist denn Paolo?

STIMME EINES LAKAIEN: Der ging, wie Sie sich umdrehten, weg ... da drüben läuft er ...

BARBIROLLI: Und ihr laßt ihn gehen? Trottel!

Blende, Musik lautstärker verändern oder anderes Orchester.

MRS. FLETCHER, *im Gespräch mit Furley*: Herzog, ich kenn Ihr Faible für mich. Aber ich kenne auch Ihr Alter.

HERZOG: Es gibt Erfahrungen, die im Ernstfall verjüngen, meine Liebe.

MRS. FLETCHER: Sie sind amüsant, Herzog. Ich glaube, ich langweile mich nicht.

HERZOG: Sie wissen, ich schätze mich glücklich, Ihnen, wo auch immer . . .

MRS. FLETCHER: Ah, schauen Sie nur. Der Fürst!

HERZOG: Er bricht sich Bahn.

MRS. FLETCHER, *freudig*: Zu mir, der Ausreißer.

PAOLO, *atemlos heran*: Nein. Hab' gar keine Zeit . . .

MRS. FLETCHER: Jetzt lasse ich Sie aber nicht mehr los, Fürst Sombrinski. Sehen Sie, Herzog, den Wildfang . . .? Ganz außer Atem, mein Lieber? . . . Aber so reden Sie doch endlich! Oder spielen Sie heute abend einen stummen Landstreicher?

BARBIROLLI, *heran*: Madame, im Hinblick auf diesen Herrn halte ich es für unumgänglich, Sie darauf hinzuweisen, daß es Nacht ist.

MRS. FLETCHER: Guter Gott, haben Sie den engagiert, Fürst?

BARBIROLLI: In Anbetracht der Lichtverhältnisse erliegt man zu leicht einer Sinnestäuschung.

MRS. FLETCHER: Herzog, verstehen Sie die Domestiken hier? Ich nicht. – Fürst, Sie haben sich gar nicht verändert, seit . . . Neapel. Wie lange ist das eigentlich her? Vier Jahre? Ich wünschte, es wäre damals . . . Ah, da kommen die Diener mit den Platten . . . Bitte, Fürst, Krebse und Geflügelsalat.

PAOLO: Hab' tüchtigen Kohldampf. *Ißt*

MRS. FLETCHER: Sind Sie aber heut originell! Mit den Fingern! Quelle idée! Und Stimme und Benehmen völlig dem Kostüm angeglichen. Das nenne ich eine vollkommene Verwandlung.

BARBIROLLI: Eine vollkommene Verwechslung, gnädige Frau.

MRS. FLETCHER: Herzog, seien Sie doch so lieb und nehmen Sie sich dieses Domestiken an, der mir immer ins Wort fällt, ja? Der Fürst ist heut so rührend hilflos.

HERZOG: Ihr Wunsch ist mir leider Befehl. Kommen Sie mit.

BARBIROLLI: Erlaucht werden gestatten . . . daß ich erkläre . . . Es ist mir ein Rätsel . . .

HERZOG: Mir keineswegs.

Beide ab.

MRS. FLETCHER: Bester, jetzt ist das Publikum weg, du kannst dich ungezwungen benehmen. Gib mir von der getrüffelten Pastete, ja. Nur nicht zuviel.

PAOLO: Pastete? Ist ja alles Fisselkram. Ich halt mich lieber an Spanferkel. *Beginnt zu essen, dabei kommt ihm Mut.* Möchtest du nicht auch Ferkel? Da hat man, was man hat.

MRS. FLETCHER: Gott, bist du originell ordinär heute nacht. Darf ich dir ein Besteck geben?

PAOLO: Nee, behalt man, mit den Fingern geht's besser.

MRS. FLETCHER: Deine Arme sind noch kräftiger geworden, spielst du immer noch soviel Tennis?

PAOLO: Nee. Ich ruder nur zehn Stunden am Tag.

MRS. FLETCHER: Welche Energie!

PAOLO, *gießt ein*: Hab ich. Was ich will, kriege ich.

MRS. FLETCHER: Prost, mein Lieber. Dein Toast klingt wirklich verheißungsvoll.

Lachen verklingt.

Akustikwechsel

MARQUIS: Barbirolli, was willst du schon wieder mit dem Gewehr? Laß es hängen.

BARBIROLLI: Ich beabsichtige, es lediglich zu einem natürlichen Zweck zu benutzen, Herr Marquis.

MARQUIS: Red doch nicht so geschraubt. Was ist denn schon wieder los?

BARBIROLLI: Herr Marquis: Sie haben Ihre beiden alten Freunde aufgefordert, das Fest zu stören. Sie glaubten, ihnen den Mut zu nehmen, indem Sie ihnen Mut machten. Nun sind die beiden im Park. Barfuß, so wie sie gemeinhin im Dorf herumlaufen.

MARQUIS: Halten sie sich versteckt?

BARBIROLLI: Wenn sie sich versteckt hielten, wäre es ein leichtes gewesen, sie unbemerkt über die Mauer zu werfen. Unter den gegebenen Umständen ist es unmöglich. Mit dem einen beliebt eine Dame Wange an Wange zu kosen. Der andere läßt sich ungeheuerlicherweise als Fürst titulieren und sättigt sich am Hauptbuffet auf eine Art, daß einige Gäste das Fest mit leerem Magen verlassen dürften.

MARQUIS: Was ist zu tun?

BARBIROLLI: Während des Feuerwerks böte sich die letzte Gelegenheit, die beiden Fremdkörper ihren Damen diskret wegzuschießen. Ich stelle anheim.

MARQUIS, *lachend*: Barbirolli! Sei froh, daß die beiden sich zeigen. Und daß sie essen und tanzen, ist ein gutes Zeichen. Mit vollem Bauch macht man keine Revolutionen.

BARBIROLLI: Ich bitte zu bedenken, daß das Volumen dieser Bäuche besonders groß ist. Es ist schwer abzusehen, ob bei diesen beiden jener Sättigungsgrad, der revolutionäre Absichten mildern könnte, nicht zu spät eintritt.

MARQUIS: Ich weiß, du bist eine treue Haut, Barbirolli. Aber du wirst sehen: je mehr sich die beiden hier zu Hause fühlen, desto kleiner wird die Gefahr, daß sie etwas anstiften.

BARBIROLLI: So hänge ich denn das Jagdgewehr auf Ihr Geheiß an seinen Platz, Herr Marquis. Dessenungeachtet werde ich mir erlauben, Vorsichtsmaßnahmen im Verborgenen zu treffen.

MARQUIS: Gut, Barbirolli, aber triff nicht mehr als Maßnahmen – hörst du?

Pause, Musik. Lange Blende.

OPPELSHEIMER, *elegisch*: Ich sehe, man amüsiert sich. Dein Fest konnte auch nicht mißlingen, mein Lieber. Dafür sind die Zeiten zu ernst. Wir feiern unseren Untergang, alle, die wir hier sind. Alle amüsieren sich auf Kosten der Katastrophe. Bis auf zwei.

MARQUIS: Du meinst ...

OPPELSHEIMER: ... die beiden, die das Fest sprengen wollen. Und genaugenommen haben sie das Fest schon gesprengt.

MARQUIS: Wieso? Es tanzt doch alles.

OPPELSHEIMER: Dadurch, daß sie da sind. Sie gehören zu denen, die nach uns feiern werden. Unser Abend wird ihr Morgen sein. Was ich hier sehe, mein Freund, hat die reizvolle Eigenart, Totenschmaus und Geburtstagsfeier in einem zu sein. Prost!

MARQUIS: Wir wollen abwarten. Ich habe immerhin einiges vorbeugend getan.

OPPELSHEIMER: Dann könntest du auch noch etwas für mich tun. Weißt du, wer alles hier ist?

MARQUIS: Barbirolli wird es wissen. Es sind ja beinahe zweitausend hier. Hast du was mitgebracht?

OPPELSHEIMER: Du wirst staunen. Barbara ist da!

MARQUIS: Ihre Tochter?

OPPELSHEIMER: Genau. Und ich wollte dich bitten, sie ein paar Tage an die Kette zu legen.

MARQUIS: Damit sie nicht die Hauptrolle in deinem Stück bekommt?

OPPELSHEIMER: So ist es. Ich weiß genau, daß ich sie ihr geben würde. Neuerdings nennt sie mich Vaterchen. Das klingt so, daß ich nicht widerstehen könnte.

MARQUIS: Ich sehe ein, daß dich solch ein Wort widerstandslos macht. Aber in diesem Fall betrifft es mich mehr als dich. Weiß sie etwas?

OPPELSHEIMER: Woher soll sie es wissen?

MARQUIS: Und wenn sie eines Tages auch zu mir Väterchen sagt? Es könnte doch sein, wenn ich sie längere Zeit hierbehalte.

OPPELSHEIMER: Ehre wem Ehre gebührt. Vielleicht weckt sie neue Gefühle in dir.

MARQUIS: Bevor du zynisch wirst, möchte ich dich fragen, wo sie steckt.

OPPELSHEIMER: Sie wird im Park sein und versuchen, Karriere zu machen. Sie rechnet offenbar damit, daß solch ein Fest das Talent ersetzt.

Pause, Musik wird lauter, dann leiser.

MARQUIS: Siehst du das Mädchen?

OPPELSHEIMER: Dein Springbrunnen nimmt mir leider die Sicht. Aber ich finde ihn sehr apart. Sechzehn kalbsgroße Frösche, die mit einem Wasserstrahl auf den Leib einer Chinesin zielen. Dein Geschmack wird immer raffinierter. Sind die Frösche aus Gips?

MARQUIS: Aus Zement. Das solltest du sehen. Aber ich habe sie nicht meinetwegen aufgestellt, sondern wegen der Leute. Der Earl von Plumsburry will das in seinem Garten nachahmen. Seine Frösche sollen sogar noch etwas größer werden.

OPPELSHEIMER: Erstaunlich, wirklich. Wenn das Beispiel noch mehr Schule macht, wird auch das Jüngste Gericht vor Gipsfröschen tagen.

MARQUIS: Sie sind aus Zement! – Aber wo ist sie denn?

OPPELSHEIMER: Ich sehe, sie tanzt.

MARQUIS: Welche, die kleine Dicke?

OPPELSHEIMER: Hättest du mehr väterliche Erfahrungen, dann müßte dir dein Instinkt sagen, daß Barbara nicht klein und dick sein kann. Der Pampelmusensaft, mein Lieber, hat sie in die Länge getrieben. Da – die Blonde mit der engen Taille ist es. – Ich glaube, das Mädchen ist schon auf dem besten Wege, Karriere zu machen. Schau nur, wie die beiden tanzen. Ein hübscher Junge. Sag mal, der ist doch barfuß, nicht wahr? Oder irre ich mich?

MARQUIS: Und dem, meinst du, soll ich sie jetzt ausspannen? Das ist völlig unmöglich.

OPPELSHEIMER: Es ist anzunehmen, daß er sich rasch trösten wird. Er tanzt gut. Er hat, soweit ich es erkennen kann, eine ordentlich behaarte Brust und kräftige Arme. Er wird nicht lange suchen müssen.

MARQUIS: Entschuldige Maxwell, aber das geht auf keinen Fall. Komm! Die beiden dürfen uns hier nicht sehen. Weißt du, wer der Bursche ist? Das ist einer von den beiden, die das Fest sprengen wollen. Vincente, mein Schwimmlehrer.

OPPELSHEIMER: Man sieht ihm beim besten Willen nicht an, was er vorhat.

MARQUIS: Wenn ich ihm das Mädchen weghole, langweilt er sich. Und wer sich langweilt, Maxwell –

OPPELSHEIMER: Der sehnt sich nach Kurzweil, ich weiß. Ein hübscher Schläger, dieser Vincente.

MARQUIS: Er schaut hierher, komm! Es hat jetzt keinen Zweck. Der alte Barbirolli hat mich wirklich etwas ängstlich gemacht. Vielleicht warten sie tatsächlich auf eine Chance. –

OPPELSHEIMER: Jeder wartet auf seine Chance, mein Lieber. Das kannst du ihnen nicht übelnehmen. *Seufzend* Dann also komm. Lassen wir ihr die Hauptrolle und mir den Reinfall.

MARQUIS: Wohin willst du jetzt?

OPPELSHEIMER: In eine Ecke, wo ich über meine Schwäche nachdenken kann.

Pause

PAOLO, *in sanfter Besäufnis*: So, Menschenskind, ich muß jetzt weg. Ich hab' jetzt keine Zeit mehr.

MRS. FLETCHER: Wie? Jetzt, wo wir uns endlich wiedergefunden haben? Komm, sei nicht so unruhig, mein Fürst.

PAOLO: Bin nicht unruhig, bin nur entschlossen. Jetzt wird gesprengt.

MRS. FLETCHER: Du hast ein klein wenig zuviel getrunken, mein Fürst. Aber ich finde, das macht dich noch spannender.

PAOLO: Ich habe nicht zuviel getrunken, sondern zuwenig gegessen.

MRS. FLETCHER: Ohh!

PAOLO: Und deswegen muß ich jetzt weg. Sonst verwechsle ich die Schaltung, verstehst du, und dann werde ich böse auf mich.

MRS. FLETCHER: Geh, Liebster, ich werde dich trösten.

PAOLO: Erst sprengen, dann trösten. Jetzt muß ich weg.

MRS. FLETCHER: Mein Gott, was ist denn das heute? Ah, Herzog! Herzog, Sie kommen wie gerufen. Der Fürst will partout irgend etwas sprengen.

HERZOG: Oh, ich sehe.

MRS. FLETCHER: Seien Sie doch nicht so gräßlich temperamentlos. Halten Sie ihn doch fest. Er hat getrunken, darum ist er so wild.

HERZOG: Ich habe auch getrunken, darum bin ich so sanft. Nicht einmal auf den Alkohol ist mehr Verlaß: die einen macht er zu Tauben, die anderen zu Tigern.

PAOLO: Wenn Sie wollen, brüll ich mal. Adieu ... *Ab*

HERZOG: Gurren wäre mir bedeutend lieber. Mein Trommelfell hat bei der letzten Tigerjagd ziemlich gelitten.

MRS. FLETCHER: Herzog, warum haben Sie den Fürsten nicht festgehalten?

HERZOG: Wen?

MRS. FLETCHER: Mein Gott, den Fürsten!

HERZOG: Den Fürsten hält niemand, meine Liebe, der ist seit zwei Jahren tot.

MRS. FLETCHER: Aus euch Männern soll einer klug werden. Wie reden sie bloß alle? Der Fürst Sombrinski muß Furchtbares erlebt haben. Früher sprach er nur vom Angeln ...

HERZOG: Mit Grund. Dabei ist er ja auch ertrunken.

MRS. FLETCHER: Ach, gehn Sie ... und jetzt nur von Elektrotechnik. Er redet elektrisch, er scherzt elektrisch. Wenn er tanzt, schaltet er an einem herum, es geht einem durch und durch ... Und einen Humor hat er entwickelt, ganz eigenartig! Wie finden Sie das?

HERZOG: Wahr.

MRS. FLETCHER: Wie? Ja, er hat ausgesprochen technischen Charme.

HERZOG: Das verrät ihn.

MRS. FLETCHER: Wie meinen Sie das?

HERZOG: Der echte Fürst, meine Teuerste, ist vor zwei Jahren ertrunken.

MRS. FLETCHER, *lacht*: Sie sind ja eifersüchtig, Herzog. Tot? Woher wollen Sie das wissen?

HERZOG: Ich habe es in der Zeitung gelesen.

MRS. FLETCHER: Und das glauben Sie?

HERZOG: Wenn es eine gewöhnliche Zeitung gewesen wäre, hätte ich selbstverständlich nichts darauf gegeben. Aber es stand im Fachblatt für Sportangler.

MRS. FLETCHER: Und wie soll er gestorben sein?

HERZOG: Der Fisch biß an, der Fürst hatte sich die Schnur um den Bauch gewickelt. Beide zogen. Beide hatten kein Mitleid miteinander. Der Fisch war stärker. Der Fürst wurde geangelt. – Er war mir zeitweise im Wege, aber er starb als ein echter Angler. Ich hege keinerlei Groll mehr gegen ihn.

MRS. FLETCHER: Sie haben heute einen ausgesprochen feuchten Humor, Herzog. Und wer sollte denn dieser Mann hier sein, hm?

HERZOG: Ich weiß nicht genau. Vermutlich ein Domestike des Marquis de Serpa, der die elektrischen Anlagen im Park überwacht.

MRS. FLETCHER: Ich möchte schwören, daß es der Fürst war. Er kann mich nicht getäuscht haben.

HERZOG: Er hat Sie auch nicht getäuscht, Emmely. Sie haben sich getäuscht ...

MRS. FLETCHER: Und dieser Mann hat mich ...

HERZOG: Was bitte?

MRS. FLETCHER: Gott sei Dank nur auf die Stirn.

HERZOG: Gott sei Dank.

MRS. FLETCHER, *stöhnt leise*: Das ist schrecklich.

HERZOG: Vergessen Sie den Zwischenfall, meine Liebe. Ich stehe ja ganz zu Ihrer Verfügung.

MRS. FLETCHER: Dagegen habe ich nichts, lieber Herzog. Obwohl Langeweile schwerer zu ertragen ist. Nur wenn ich mich aufrege, spüre ich immer, wie meine Einlagen drücken.

HERZOG: Damals, als ich Ihnen nahe sein durfte, liebe Emmely, riet ich Ihnen schon, es einmal mit Schaumgummi zu versuchen. Ich habe Einlagen inzwischen auf der Tigerjagd getragen. Ich muß Ihnen bekennen: in aufregenden Situationen haben sie sich vorzüglich bewährt.

Blende. Sanfter Wellenschlag an die Parkmauer.

VINCENTE: Magst du nicht mehr tanzen?

BARBARA: Nein.

VINCENTE: Mußt du wirklich morgen schon wieder nach Amerika zurückfliegen?

BARBARA: Ja, ich habe eine Flugkarte.

VINCENTE: Ach ... ich dachte, das sagst du nur so.

BARBARA: Nein. *Pause.*
Es ist schön hier. – Sprichst du nicht mehr mit mir?

VINCENTE: Ich kann ja doch nichts für dich tun.

BARBARA: Das Dorf da drüben – hinter der Bucht: bist du da zu Haus?

VINCENTE: Ja, da bin ich geboren. Siehst du, an der kleinen Mole sind Delphine –

BARBARA: Bist du sentimental?

VINCENTE: Ich? Weil ich das von den Delphinen sagte?
BARBARA: Ich bin sentimental. Ich finde spielende Delphine schön.
VINCENTE: Was ist daran schön?
BARBARA: Daß du es sagst. – Ich glaube, ich werde noch hierbleiben. Ich spüre, daß das gut ist für mich.
VINCENTE: Barbara!
BARBARA: Küß mich nicht. Jetzt nicht. Freust du dich?
VINCENTE: Genau wie du.
BARBARA: Kann man im Dorf wohnen?
VINCENTE: Natürlich wohnst du bei uns. Es ist nur noch mein Vater da. Er ist schon ziemlich alt; aber er ist immer noch Leuchtturmwärter. Früher war er ein berühmter Koch, vor 40 Jahren, und er konnte so allerhand. Mädchen, schöne Mädchen, regten ihn zum Kochen an. Ich glaube, wenn er dich sieht, kommt er nicht mehr vom Topf weg.
BARBARA, *naiv*: Du meinst, dann wären wir ungestört? Jetzt darfst du mich küssen.
VINCENTE: Wir könnten zusammen schwimmen, weißt du? Jeden Morgen. Und wenn du willst, auch nachts.
BARBARA: Kannst du auch Schmetterlingsstil?
VINCENTE: Natürlich. Als Schwimmlehrer kann ich fast alles.
BARBARA: Und würdest du mir das beibringen? – Was siehst du mich so an?
VINCENTE: Mach die Augen zu –
BARBARA: Ja –
Die Stimme Paolos im Lautsprecher; sobald er spricht, hört die Musik auf; seine Rede wird von Beifall und fernem Gelächter begleitet.
PAOLO, *bemüht sich, seine schwere Zunge ohne Stolpern in Gang zu bringen; tatsächlich stolpert er nur zweimal – es muß nach gezierter Roheit klingen –, so daß man es tatsächlich als Veranstaltungs-Gag auffassen kann:*
Achtung! Achtung!
Es ist soweit! Hört alle mal her!
Ihr denkt wohl, ihr könnt so weiter feiern?
VINCENTE: Das ist Paolo.
BARBARA: Dein Freund von vorhin?
PAOLO: Aber jetzt kommen erst die Attrak . . . Attraktionen, die kommen erst jetzt. Euch wird gleich grün und blau vor Augen werden, wenn die Leuchtfontäne hochgeht!
Beifall und Gelächter.
Das kündige ich euch an. In fünfzehn Minuten – nein, wartet

mal, in vierzehneinhalb Minuten ist es soweit. Dies ist die vorletzte Warnung. Ich komme wieder.

VINCENTE: Der ist betrunken. Das gibt ein Unglück.

BARBARA: Aber laß ihn doch die Leuchtfontäne allein anmachen.

VINCENTE: Ach was, Leuchtfontäne! Wenn's nur das wäre. Und der Lautsprecher steht ganz am anderen Ende des Parks. Ich muß hin. *Eilig ab.*

BARBARA: Aber Vincente! So warte doch . . .
Läßt mich einfach stehen! Flegel . . .

Blende, andere Tanzkapelle in anderer Entfernung als bisher, aber auch jetzt nicht nah.

BARBIROLLI, *halbwegs erregt*: Den Musikern der Kapelle habe ich Zulage versprochen, wenn sie auf dem Podium neben der Leuchtfontäne ausharren. Sie haben die Zulage angenommen und harren aus, Herr Marquis.

MARQUIS: Und warum spielen sie jetzt nicht?

BARBIROLLI: Die Musiker haben beschlossen, jetzt erst die halbstündige Pause einzulegen, um was zu essen. Die Pause steht ihnen tatsächlich zu.

MARQUIS: Aha, dann ist ja für sie alles in Ordnung. Habt ihr den Park durchsucht?

BARBIROLLI: Von der Geheimpolizei sind bisher 23 verdächtige Individuen unauffällig festgenommen und durchsucht worden. Einundzwanzig waren Geheimpolizisten oder Privatdetektive der Gäste.

MARQUIS: Und die beiden letzten, waren das . . .

BARBIROLLI: Der eine war der Fürstprimas der Cincinnati-Sekte: er wollte den Beginn der neuen Weltordnung verkünden.

MARQUIS: Ja doch, schneller.

BARBIROLLI: Der andere, ein Gewerkschaftsvertreter, war erschienen, um gegen das Auftreten des Räuberballetts im Orangenhain Einspruch zu erheben. Das Räuberballett ist mit den Beiträgen im Rückstand, wenn man seinen Angaben Glauben schenken . . .

MARQUIS: Barbirolli, wo steht der Lautsprecher?

BARBIROLLI: Drei Einsatzgruppen mit insgesamt 29 Lakaien suchten die Eichbäume am Westufer ab. Aus ihnen kam die Stimme.

MARQUIS: Und? Und der Erfolg?

BARBIROLLI: Einer ist bereits abgestürzt und hat sich den linken Fußknöchel – sei es verstaucht – sei es gebrochen . . .

Marquis: Schluß mit dem Unfug. Habt ihr den Brunnen untersucht? Ob da Bomben liegen?

Barbirolli: Es ist ein solches Gedränge, wir kamen nicht ran.

Marquis: Also dann – andersherum. In fünf Minuten will ich Vincente und Paolo hier im Pavillon haben, lebend oder – nein, natürlich lebend. In fünf Minuten, Barbirolli! Sonst fliegst du!

Barbirolli, *servil-bedacht*: Gewiß. Es gehört zu meinen Aufgaben, das Schicksal des Herrn Marquis zu teilen. Sollte also gesprengt werden, so wird man mich in angemessener Höhe etwas unter Ihnen durch die Luft fliegen sehen. Darf ich mir die Bemerkung gestatten, daß der Herr Marquis, wenn ihn nach der Gegenwart der beiden Individuen so dringend verlangte, nur rechtzeitig den Wunsch hätten zu äußern brauchen, um . . .

Marquis: Fort! Mach, daß du fort kommst . . . Entschuldige, Maxwell. Dieser Mensch hat schlechterdings zu viel Haltung.

Oppelsheimer: Ich wundere mich, daß du erst so spät Wirkung zeigst.

Marquis: Meinst du wirklich, es könnte was werden?

Oppelsheimer: Deine Gäste halten es für einen guten Scherz. Wenn mich nicht alles täuscht, wird eines Tages unsere Erde so untergehen. Die Warnung, die von oben herab kommt, wird vor Lachen und Beifallklatschen nicht zu hören sein. Man wird die Katastrophe wie einen Scherz begrüßen.

Marquis: Noch siebeneinhalb Minuten. Sagte er nicht, er wollte noch eine Warnung über den Lautsprecher gehen lassen?

Oppelsheimer: Deine dörflichen Freunde machen dich doch nicht etwa nervös?

Marquis: Nervös? Ich hoffe nur, daß sie keine Fehler machen.

Oppelsheimer: Würdest du es nicht für ratsam halten, den Platz um die Leuchtfontäne räumen zu lassen?

Marquis: Wenn du meinst?

Oppelsheimer: Ja, ich meine. Auch würde Eile dabei nicht schaden.

Blende

Akustikwechsel. Vor der Fontäne, Gedränge.

Stimme: Hübsch, die Lichter da hinten in den Baumkronen.

Stimme: Soll das ein Elfenreigen sein?

Stimme: Nein, die suchen was. Ich hab gehört, in den Ästen

hat sich ein Bankpräsident erhängt. Den schneiden sie jetzt wohl ab.

STIMME: Mon dieu, das kann nur Ollmütz von der Unionsbank sein. Ich muß sofort telefonieren. Lassen Sie mich durch.

MRS. FLETCHER, *auch im Gedränge*: Ich verstehe Sie nicht, Herzog. Ich bin der Meinung, daß es nur Fürst Sombrinski gewesen sein kann. Er hatte immer solch einen köstlich verwegenen Geschmack.

HERZOG: Glauben Sie im Ernst, daß der Fürst Sombrinski sich dazu hergeben würde, irgendwelche billigen Sensationen durch einen Lautsprecher zu blasen?

MRS. FLETCHER: Den Leuten hat es aber gut gefallen, was er sagte. Und warum soll er das nicht zusammen mit dem Marquis arrangiert haben?

HERZOG: Da kommt der Marquis, Sie können ihn ja fragen.

STIMME: Der Marquis will reden ...

STIMME: Laßt ihn doch mal durch ...
Er klettert auf den Springbrunnen ...
Er hebt die Hand ...

Tusch, Blende, Tusch.

MARQUIS, *nah*: Meine lieben Freunde! Ich muß Ihnen eine Mitteilung machen, die für diejenigen unter Ihnen, denen ihr Leben lieb ist, von einigem Interesse sein könnte.

Beifall, Gelächter, Rufe wie: Herrlich, zauberhaft, aparter Einfall usw.
Um Ihnen etwas Unvergeßliches zu bieten, habe ich eine Überraschung vorbereiten lassen, deren Auswirkung schwer zu berechnen ist. – – ... In wenigen Minuten kann vielleicht der Park dunkel sein ... und die Leuchtfontäne geht hoch. Stellen Sie sich bitte vor, daß diese Leuchtfontäne Bomben verbirgt, die von jener Maske gelegt worden sind, die vorhin über den Lautsprecher zu Ihnen sprach ...

PAOLO, *über den Lautsprecher*: Hallo, hallo! Meinen Sie mich, Herr Marquis? Gehen Sie da runter vom Brunnen, die Bomben haben Zeitzündung, in zwei Minuten drück' ich auf den Schalter.

STIMME: Blendend, diese Regie, wirklich eine aparte Nacht ...

MARQUIS: Bitte hören Sie selbst ... Räumen Sie also das Feld. Am besten gehen Sie bei den Bäumen in Deckung.

Geräusch der zurückflutenden Menge ...
Stimmen wie: ich muß dabei sein ...
Ich krieg' ja Herzklopfen ...
Alles Humbug ...

PAOLO: Sie, Herr Marquis, machen Sie, daß Sie vom Springbrunnen runterkommen! Ich warne Sie zum letzten Mal!

MARQUIS: Ich bleibe selbstverständlich stehn. Meinen Gästen wünsche ich noch eine anregende Nacht und einen Morgen ohne Reue.

PAOLO, *wütend*: Sie blöder Patron, glauben Sie vielleicht, ich sprenge Ihr Fest nicht, bloß weil Sie sich auf die Bombe stellen?

MARQUIS: Es lebe das schönste Fest der Welt!

Kläglicher Tusch einer einzelnen Trompete.

PAOLO, *über Lautsprecher*: Also ich sage zum letzten Mal: runter vom Springbrunnen. Ich drücke jetzt auf den Schalthebel, zwei Minuten später explodieren die Frösche am Brunnen.

VINCENTE, *auch über Lautsprecher*: Du verdammter Idiot! Du kannst doch hier nicht allein sprengen!

PAOLO: Was kann ich nicht? Soll ich vielleicht warten, bis es dir paßt?

VINCENTE: Aber du bist ja wahnsinnig. Der Marquis!

PAOLO, *tumb-unerbittlich*: Der wird mitgesprengt.
Klicken eines Schalthebels. So. In genau zwei Minuten fliegt der Springbrunnen in die Luft . . . Die Zünduhren laufen . . .

VINCENTE, *aufgeregt*: Stell das Ding ab! Los, Paolo! Lauf zum Brunnen, stell das ab!

PAOLO: Ich denke nicht daran. Und wenn alle platzen!

VINCENTE: Du Idiot!

Geräusch eines Kinnhakens.

Paolo! So schlimm war's nicht gemeint. Steh auf. Schnell. Da kommt Barbirolli . . .

BARBIROLLI, *Nähe*: Halt! Endlich habe ich euch! Sie sind – wo nicht verhaftet, so doch gestellt.

VINCENTE: Meinst du mich?

BARBIROLLI: Da von Ihresgleichen auf diesem Fest zur Zeit nur ein Exemplar zu sehen ist, dürfte eine Verwechslung ausgeschlossen sein. Das bezieht sich auch auf Ihren Kumpan.

VINCENTE: Brich dir nur nichts ab, Barbirolli!

BARBIROLLI: Halt! Gehn Sie voraus zur Veranda. Falls Sie unsicher sind, ob Sie diesem Wunsch folgen sollen, müßte ich hier dieses Jagdgewehr seinem natürlichen Zweck zuführen. Es ist gespannt und geladen, und es ist so gut wie ausgeschlossen, daß Sie eine Weigerung überlebten. Vorwärts! Marsch! Und nehmen Sie den anderen mit! Tot oder lebend, äußerte der Herr Marquis . . .

Blende

MARQUIS, *ruft*: Hallo Barbirolli? Bist du das?

BARBIROLLI, *näherkommend*: Ich habe mir erlaubt, beziehungsweise: ich war freimütig genug ...

MARQUIS: Es sind fünf Minuten um. Keine Explosion! Verstehst du das? Die Zünduhren, sagte er, liefen doch schon?

BARBIROLLI: Sie liefen in der Tat.

MARQUIS: Ich hörte es überall am Springbrunnen ticken. Aber dann ging das Licht aus ...

BARBIROLLI: Der Herr Marquis haben, wenn ich mir erlauben darf, das zu bemerken, auch unbeobachtet und im Dunkeln auf dem gewählten Posten ausgeharrt. Der Herr Marquis sind ein Held!

MARQUIS: Ach geh! Ich traute mich nur nicht wegzulaufen.

BARBIROLLI: Das ist das Wesen des Heldentums.

MARQUIS: Aber warum ist nichts passiert?

BARBIROLLI: Ich hielt es für zweckmäßig, die Hauptsicherung der Parkbeleuchtung auszuschrauben. Damit standen die Zünduhren still.

MARQUIS: Barbirolli! Du bist ein Genie!

BARBIROLLI: Ich bitte, mir diesen Vorwurf zu ersparen. Ich bin Beamter in Ihrem Dienst, Herr Marquis. Was mich im übrigen auch nicht ruhen ließ, so lange nach den beiden Attentätern zu spüren, bis sie gefunden sind. Sie befinden sich, Herr Marquis, unter zureichender Bewachung auf der Veranda.

MARQUIS: Du hast sie erwischt, Barbirolli?

BARBIROLLI: Ich darf diesen bescheidenen Erfolg für mich in Anspruch nehmen – vorausgesetzt, daß es erlaubt ist.

MARQUIS: Du bist ... aber das sag ich dir später, Barbirolli. Bring die beiden auf die Bühne. Aber schnell, hörst du. Ich habe mir etwas für sie ausgedacht, das sie bestimmt auf andere Gedanken bringt. Jetzt werden wir ihnen eine Ehre antun, die sie uns mit Haut und Haaren verpflichtet. Danach werden sie gewiß nicht mehr sprengen wollen. Schnell, Barbirolli, bring sie zur Bühne!

BARBIROLLI: Gut denn. Nur: hoffentlich versteht derlei Bagage, daß eine psychologische Niederlage auch eine Niederlage ist.

MARQUIS: Mach schon, Barbirolli.

Tusch, Beifallklatschen.

Und wie bei jedem Fest, meine Freunde, wollen wir uns auch

diesmal an der Kunst der Verwandlung erfreuen. Wenn ich mich nicht täusche, ist nahezu alles Verwandlung, von der Schauspielerei bis zum Stoffwechsel. Jedenfalls haben wir, das heißt, ein heimliches Gericht, nach den vollkommenen Kostümen dieses Abends Ausschau gehalten, um sie zu prämiieren. Es war bestimmt keine leichte Wahl. Dort, hinter diesem Vorhang, stehen sie nun. Die beiden, die nicht nur Geschmack, sondern auch Raffinement bewiesen haben.

Beifall

Sie sind willig unserer Aufforderung gefolgt und warten hinter dem Vorhang. Vielleicht werden sie etwas schweigsam sein. Aber das Vollkommene hüllt sich ja gemeinhin in Schweigen.

BARBIROLLI, *leise für sich*: Geschraubt wie eine Spirale.

MARQUIS: Die beiden attraktivsten Kostüme erhalten zwei kleine Erinnerungspreise. Ein Fischbesteck aus Platin und ein Diamanthalsband, beide gestiftet von –

HERZOG: Bitte keine Namen.

Beifall

MARQUIS: Und so sage ich denn: Vorhang auf!

Pause, einzelne Stimmen mit Bravorufen, zögernder Beifall.

VINCENTE: Zeig nicht so die Zähne, Paolo.

Lauter Beifall.

MARQUIS: Und nun möchte ich Ihnen als eine kleine, aber bleibende Erinnerung Ihre Preise überreichen.

Leiser So, Paolo, ein Fischbesteck aus Platin! Und dir, Vincente, das Diamanthalsband. Gebt mir die Hand. Los! Macht schon. Und lächelt! Lächelt!

Beifall

Und redet was, irgendwas.

PAOLO, *verstört*: Ich? Was reden?

MARQUIS: Los, Vincente, sag was, schnell.

VINCENTE: Was soll ich denn sagen?

MARQUIS: Zwei Sätze, beeil dich. Man wartet darauf.

VINCENTE: Worüber?

PAOLO: Red Menschenskind! Sag ihnen die Wahrheit!

Pause

VINCENTE: Es ist eine große Ehre für uns –

PAOLO, *angesäuselt*: Was? Das soll die Wahrheit sein?

VINCENTE, *leise die Unterbrechung rügend*: Halt die Schnauze! *Laut, mit unerwarteter Geläufigkeit fortfahrend.* Es ist eine um so größere Ehre für uns, als wir die Preise aus der Hand unseres verehrten Gastgebers empfangen durften. Und was unsere Kostüme betrifft, so dachten wir, daß das Außerordentliche im Einfachen, im Alltäglichen liegt, und darum sind wir so gekommen.

PAOLO: Auf jeden Fall ohne allen Fisselkram.

VINCENTE: Ob die Verwandlung gelungen ist, können wir nicht sagen. Aber eines können wir bestimmt behaupten: daß diese Kostüme echt sind.

PAOLO: Auch was drunter ist, ist echt! Ehrenwort! Das werden Sie schon noch merken . . .

Lachen, Beifallklatschen.

Jetzt laß mich reden, Vincente. Jetzt möchte ich mal . . .

STIMME: Der ist ja entzückend.

PAOLO: Hört mal zu! Wißt ihr, was ihr seid? Strichgesindel seid ihr!

Lachen

Ja, lacht nur so blöd. Seht euch nur mal an: wie ausgestopft rennt ihr rum. Masken habt ihr auf, damit ihr euch nicht langweilt, wenn ihr eure Gesichter seht.

Lachen

Weil es keiner von euch mehr aushält bei sich selbst, müßt ihr immer auf Achse sein: immer rin in das Vergnügen, nur nicht raus. Zwei Stunden allein, und schon seid ihr reif für die Nervenklinik.

Entzückensrufe

Ja, lacht nur. Ihr wißt nicht einmal, worüber man lachen darf. Gar nichts wißt ihr. Soll ich euch mal sagen, was ihr braucht? Richtige Unterhaltung! Und wißt ihr, was das ist, diese richtige Unterhaltung? Arbeit ist das. Sechzig Stunden im Steinbruch oder in den Bleiminen drüben in Tuntasola.

Lachen, Beifall.

Verzweifelt Ich meine das ernst, ihr aufgeblasenen Frösche. Glaubt ihr, ich hab Angst vor euch? Ich weiß, wovon ich lebe, ich kann das jedem sagen. Aber ihr habt Angst, wenn man euch danach fragt. Wenn ein schlechtes Gewissen jukken würde, dann müßtet ihr euch den ganzen Tag kratzen. Auch du da hinten, du Pascha, oder was du bist!

Entzückensrufe

Hört auf mit dem Lachen! Nicht mal die Wahrheit kann man denen sagen. *Hilflos* Die lachen. Was macht man denn da? Wenn sie die Wahrheit hören, dann lachen sie bloß.

Lachen wird leiser, erklingt gelegentlich in der Ferne.
OPPELSHEIMER: Warum ziehst du dich zurück, mein Freund?
MARQUIS, *melancholisch*: Ich kann es nicht mehr ertragen.
OPPELSHEIMER: Was? Die Art, wie sich deine Gäste unterhalten lassen? Warum sollen sie erschrecken, wenn man ihnen die Wahrheit sagt?
MARQUIS: Nicht einmal die Wahrheit nehmen sie ernst.
OPPELSHEIMER: Oh, mein Freund: verdient die Wahrheit überhaupt, ernst genommen zu werden? Und wer könnte das auf die Dauer ertragen? Sei nicht ungerecht.
Lachen von ferne.
Hör doch, wie sie sich amüsieren.
MARQUIS: Ich bin enttäuscht, Maxwell.
OPPELSHEIMER: Dann darf ich dir gratulieren. Bei der Inflation von Täuschungen heutzutage sind Enttäuschungen hoch im Kurs. Man muß Enttäuschungen schon mit der Laterne bei Tage suchen.
MARQUIS: Werd' nicht tiefsinnig, Maxwell. Ich bin enttäuscht über alles. Und besonders über meine beiden Attentäter. Sie wollten das Fest sprengen. Zuerst war ich ein wenig besorgt. Aber jetzt? Ich wünschte, sie hätten es getan.
OPPELSHEIMER: Du kannst nicht erwarten, daß sie zuverlässiger als wir sind, mein Freund. Ich verstehe, was in ihnen vorging: Sie erlagen einfach der Faszination der Verschwendung. Sie wurden in die Rolle der Teilnehmer gedrängt; das hat ihre Absichten geändert.
Fernes Lachen.
MARQUIS: Alles ist nur Ankündigung geblieben, nichts ist geschehen.
OPPELSHEIMER: Und was hätte geschehen sollen?
Pause
MARQUIS: Das – vielleicht.
OPPELSHEIMER: Die Sprengung? Soviel ich weiß, ist die Hauptleitung ausgeschaltet.
MARQUIS: Aber nicht die Reserveleitung.
OPPELSHEIMER: Meine gutbürgerliche Vernunft empfiehlt mir, dir davon abzuraten, mein Lieber. Warum willst du dein eigenes Fest sprengen? Du hast deinen Gästen Freude genug geliefert.
MARQUIS: Aber nicht genug Schrecken.
Klicken
Die Sache läuft. Freuden sind langweilig geworden. Was uns

noch Kurzweil verschaffen kann, das sind ein paar annehmbare Katastrophen.

OPPELSHEIMER: Dein Zynismus wird schamlos.

MARQUIS: Nein, Maxwell, mein Zynismus ist eine besondere Art der Scham.

OPPELSHEIMER: Stell das Ding wieder ab!

MARQUIS: Jetzt finde ich zu viel Gefallen an der Idee.

OPPELSHEIMER: Und was versprichst du dir davon, wenn die Brunnenfrösche in die Luft fliegen?

MARQUIS: Daß ihnen mein Fest etwas bietet, das sie ernst nehmen müssen.

OPPELSHEIMER: Wie lange dauert's noch?

MARQUIS: Ich weiß nicht.

OPPELSHEIMER: Ob es ratsam ist, sich die Ohren zuzuhalten?

MARQUIS: Keine Ahnung.

OPPELSHEIMER: Vorsichtshalber werde ich das Glas absetzen.

MARQUIS: Es muß jeden Augenblick losgehen.

OPPELSHEIMER: Schade, daß wir nicht mitzählen können. Man hat mehr von einem Unglück, das pünktlich erwartet werden darf.

Pause; dann in der Ferne zwei, drei aufeinanderfolgende Detonationen, Unruhe etc.

MARQUIS, *mit sonderbarer Genugtuung*: Das war's.

OPPELSHEIMER: Wie fühlst du dich jetzt?

MARQUIS: Besser. *Pause*
Hör mal: das nehmen sie endlich ernst.

OPPELSHEIMER: Wollen wir hinausgehen, du kleiner Nero? Wenn du schon dein eigenes Fest sprengst, dann mußt du auch sehen, was du angerichtet hast.

BARBIROLLI, *atemlos und mit geschraubter Feierlichkeit*: Herr Marquis. Da ich keine Ursache habe, an der Aufmerksamkeit meiner Augen zu zweifeln, und da ich fernerhin mit Sinnen ausgestattet bin, die wahrnehmen, was vor sich geht . . .

MARQUIS: Gut, Barbirolli. Aber nun das Prädikat.

BARBIROLLI: Nun denn, Herr Marquis: es hat stattgefunden, was wir Grund hatten, zu befürchten.

MARQUIS: Endlich.

BARBIROLLI: Während einer dieser Fremdkörper die Herrschaften mit gewöhnlichsten Beleidigungen unterhielt – *Bestürzt* Herr Marquis sagten ›endlich‹?

MARQUIS: Ja, endlich. Aber sag schon, was ist passiert?

BARBIROLLI: Als die Brunnenfrösche mittels der Teufelsmaschinerie explodierten, Splitter – wie es wohl sein muß – hierhin flogen und dorthin – gottlob ist niemand wesentlich verletzt –, als Geräusche zu vernehmen waren, die lediglich für die groben Trommelfelle von Militärs wohlklingend sind, brach unter den Gästen ein unvermuteter Jubel aus.

OPPELSHEIMER: Da hast du's, mein armer Freund.

MARQUIS: Und?

BARBIROLLI: Die Gäste drängten zum Brunnen, um, wie eine Stimme zu verstehen gab, die Quelle des Amüsements zu suchen. Wofern Heiterkeit einen Siedepunkt haben kann: jetzt ist er erreicht.

MARQUIS: Und Vincente und Paolo?

BARBIROLLI: Betroffenheit lag auf ihren Gesichtern, als die Explosion erfolgte. Dann versuchten sie, angetrieben von ihrem miserablen Gewissen, zu fliehen. Allein die Gesellschaft hob sie auf die Schultern und feierte sie in triumphaler Weise. Der gegenwärtige Augenschein spricht dafür, daß sie die absoluten Helden des Festes sind. Soll ich das Jagdgewehr zücken auf jene Individuen, die sich unterstanden haben, das Fest zu sprengen?

MARQUIS: Ich habe mich unterstanden, Barbirolli. Ich selbst habe die Frösche gesprengt.

BARBIROLLI: Der Herr Marquis haben? Mit eigener Hand?

MARQUIS: Ja, Barbirolli, zum mindesten anatomisch gehört diese Hand wohl zu mir. Und nun leg dich schlafen.

BARBIROLLI: Darf ich angesichts – gegebenenfalls ...

MARQUIS: Nein. Geh jetzt, Barbirolli. Tu nichts mehr. Weder gegebenenfalls und gegebenenunfalls. Geh, hörst du?

BARBIROLLI: Wohin wünschen Sie mich?

MARQUIS: Zum ... natürlich nicht, Barbirolli. Geh schlafen.

BARBIROLLI: Gut denn. So werde ich, wie der Herr Marquis es wünschen, auch im Schlaf auf Posten sein.

Kleine Pause.

OPPELSHEIMER: So geht's, mein Freund: je näher die Katastrophe, desto angenehmer sind die Feste. Dynamit ist ein Witzwort geworden. Eine Sprengung die beste Volksbelustigung. Was macht dich so schwermütig?

MARQUIS: Der Jubel ist ein Mißverständnis.

OPPELSHEIMER: Nicht nur ihr Jubel, mein Freund. Aber laß ihnen, laß uns allen doch die Mißverständnisse. Was könnten wir noch ohne sie tun ...

Schlußmusik

Die Enttäuschung

Personen:

1. Stimme
2. Stimme
Herr Matthiesen
Herr Barmeier
Direktor Bessel
Herr Wunsiedel
Herr Armbrust
Herr Buntje
Lord Klebefinger
1. Häftling
2. Häftling
Herr Niederböck
James
Ossip
Kapitän

Stille; dann langsam näher kommender, mehrmals unterbrochener Schritt des Aufsehers Johann Peter Matthiesen.

1. STIMME: Noch fängt's nicht an: es liegt Ruhe über dem alten, trüben, muschelbewachsenen Zuchthaus von Isenbüttel. Die Elbe fließt finster vorbei mit all ihren Träumen und Verheißungen ... Die Fenster stellen sich schlafend. In die einzige, fliegenumsummte Uhr ist eine Maus geschlüpft und hat das Werk ausgeschaltet. Tief im Schatten klirren und klimpern unsichtbare Stricknadeln und stricken dem ganzen Zuchthaus einen Pullover aus Stunden: eine links, eine rechts, eine überheben ... Die genügsamen Glühbirnen halten sich für kleine Monde ... Noch ist alles still. Nur Herr Johann Peter Matthiesen, der Aufseher, wallfahrtet wie ein strenger, brauner Bückling über die eiserne blankgelaufene Plattform und erlaubt sich, hier und da eines seiner braunen Augen an ein Guckloch zu pressen.

Aufseher bleibt stehen.

Vielleicht schaut er gerade zu Herrn Dietrich Wunsiedel hinein, dem kleinen, liebestollen Bademeister, der sechs Familien sein eigen nannte, allerdings zur gleichen Zeit ...

Oder er blickt wachsam auf den großen, goldmähnigen Herrn Heiner Armbrust, der seine Gattin mit Pralinen totfütterte und der nun aus Kummer seine harte, tugendhafte Matratze mißhandelt . . .

Schritte kommen näher.

Was er erblickt, das begreift Herr Johann Peter Matthiesen . . . Streng fällt sein Schritt, verläßlich und nachdenklich . . . Die Schlüssel an seinem Ring unterhalten sich leise und zappeln und hüpfen vor Ungeduld, während ihm entgegenkommt . . .

Zweiter Schritt nähert sich.

2. STIMME: auf der eisernen, blankgelaufenen Plattform, nervös wie eine Forelle, Herr Willy Barmeier, der jüngste Aufseher von Isenbüttel . . . Er liebt Erbsen und das Spiel des Harmoniums. Im Vorübergehen streichelt er die wuchtigen, wunderbaren, tröstlich kühlen Riegel und bietet ihnen das Du an . . . Herr Barmeier, Op de Ploot zweiundzwanzig, ist auch das jüngste Mitglied des großhamburgischen Tierschutzvereins und verhütet in seiner Freizeit Gewaltakte an Siamkatzen, Hühnern, Goldfischen, Salamandern und Bernhardinern . . . Auch er erlaubt sich von Zeit zu Zeit einen fordernden, zielsicheren Blick durch ein Guckloch . . . *Bleibt stehen* . . . Jetzt begutachtet er den schlafenden Herrn Ewald Buntje, der alle strohgedeckten Bauernhäuser im Regierungsbezirk Schleswig zu seinen persönlichen Feinden erklärte und als einzige Waffe das Streichholz gewählt hat . . . Neben ihm kämmt sich, lautlos pfeifend, in einer Spiegelscherbe Lord Klebefinger. Seine Lordschaft waren Buchhalter gewesen und konnten sich selbst nicht erklären, warum das Geld der Büggelin-Company sich so wohl bei ihm fühlte, daß es an ihm kleben blieb . . .

Schritte nähern sich.

Herr Willy Barmeier läßt seinen blauen magermilchblauen Blick ausdauernd und mit jungem Argwohn über Pritsche, Spiegel, Ausguß, Klo wandern und lobt still für sich den Erfinder des kreuzweis geschmiedeten Fenstergitters . . . Er hätte jetzt große Lust, seine Pfeife in Brand zu setzen, doch –

Stille

1. STIMME: in der Mitte der Plattform, auf Höhe der kargen, aber dreifach gesicherten Wohnstatt des düstern Herrn Albert P. Glonz treffen die beiden Aufseher aufeinander, bleiben stehen, sie sehn sich bedeutsam an, nicken, dann verglei-

chen sie stumm ihre Taschenuhren ... Und die Taschenuhren sind der Meinung, daß es nun an der Zeit sei, zu beginnen.

Pause, dann Trillerpfeifen.

Die Trillerpfeifen befehlen Alarm und Achtung und Aufstellung ... Sie lassen das Käuzchen aufflattern ... die große fliegenumsummte Uhr setzen sie in Gang ... Sie dringen hundert Faden tief in den Schlaf von Herrn Dietrich Wunsiedel ... sie unterbrechen den von geliebten Feuersbrünsten erhellten Traum des Herrn Ewald Buntje ... Durch die Gänge, durch die Türen toben die Trillerpfeifen, du sollst, du sollst und du sollst!

Einer nach dem andern werden die eingeschlossenen Herren an die Tür getrillert ... Und jetzt knallen und fallen die gehorsamen Riegel überall.

Geräusch fallender Riegel.

Wum-dong, wum-dong, und das poltert und klappert die Plattform entlang unter den empfindlichen und erfahrenen Händen der Aufseher ... Wer hier nicht Bescheid weiß, könnte jetzt glauben, dies sei die abendübliche Vorbereitung zu einem Zählappell ... oder zu einem Ordnungs-, Sauberkeits-, Gesundheits- oder Gedanken-Appell ... Dabei ruft die silberne, tobsüchtige Trillerpfeife –

2. STIMME: – die gestreiften und verschlossenen Herren schon zum zweiten Mal in diesem Jahr zu einem unvergeßlichen Theaterabend, den die nördlichste Landesbühne Deutschlands im Zuge – ich sage: im Zuge – der Gefangenenbetreuung hier und gleich geben wird ... Die Haare sind gekämmt, die Pfoten gewaschen, die Nasen geputzt ... Erwartung brandet schon über die blanke, metallene Plattform ... Warm wie aus einem elektrischen Toaströster springt die Begeisterung und ergreift auch die Aufseher.

MATTHIESEN: Vorwärts, ihr Säcke ... das Theater beginnt pünktlich.

BARMEIER: Linksum, kehrt ... *Die Gefangenen tun es.* Marsch!

Schritte

MATTHIESEN: Eins, zwei, eins, zwei ... Schnauze halten!

BARMEIER: Links, und – links, und ... Anschließen! ... Etwas munterer!

Schritte auf Metalltreppen.

1. STIMME: Herr Heiner Armbrust, der seine Gattin durch Pralinen verlor, lächelt füchsisch und vielsagend und läßt,

während er eins, zwei, eins, zwei in einen unvergeßlichen Abend marschiert, eine kleine gefaltene Schneeflocke aus seinem Ärmel schweben, die Ähnlichkeit mit einem gefaltenen Zettel hat ... Herr Glonz fängt die Schneeflocke auf und schenkt sie, ohne auf Dankbarkeit zu bestehen, Lord Klebefinger ... Der allerdings hat Mühe, sie an Herrn Ewald Buntje weiterzugeben, dessen Blicke wie Schneidbrenner sprühen ... Selig marschieren sie links und links und – über die Plattform, die Treppen hinab, wie zu einer heißen, himmlischen Mahlzeit aus Bohnen und Mondschein ... Da muß sich die Freude bemerkbar machen.

WUNSIEDEL: Reizender Abend, Herr Armbrust.

ARMBRUST: Und er fängt erst an.

MATTHIESEN: Schnauze halten, ihr zwei!

WUNSIEDEL, *leiser*: Wo kann man hier die Garderobe ablegen?

ARMBRUST: Ich brauche allerdings ein Programm.

BARMEIER: Hier hat niemand zu quatschen, ihr Säcke ...

WUNSIEDEL: Wir sind doch Statisten.

ARMBRUST: Künstler, von mir aus.

MATTHIESEN: Ich dreh euch gleich den Hals um.

ARMBRUST: So macht man die Kunst still, Herr Wunsiedel.

WUNSIEDEL: Und die Heiterkeit dazu, Herr Armbrust.

Schritte, Trappeln, Stimmengemurmel. Leiser.

2. STIMME: Und hochgestimmt, wedelnd und wiegend rückt unter He da und Hü hott die drillichtragende Besatzung von Isenbüttel in den vielfach gesicherten Innenhof ... Hier wird also Salzburg sein, und vielleicht wird Jedermann auf den großen Freßtisch der Welt stürzen nach einer kühlen, schnellen, kreislaufstörenden Berührung ... Im Kreis, im Halbkreis, auf blank gewetztem Metall, mit angezogenen Knien nehmen die festlich gestimmten, lebenserfahrenen, wollstrümpfetragenden Theaterbesucher Platz und sind schon jetzt geneigt, jede Lehre zurückzuweisen, die das Stück bieten könnte ... An der Akustik jedoch wird man nichts auszusetzen haben, denn jedes gesprochene Wort befindet sich hier sogleich wie ein Vogel im Bauer und kann nicht entkommen ... Die Aufseher werden dramaturgisch tätig.

MATTHIESEN: Ruhe, ihr Säcke! *Stille*

BARMEIER: Alles aufstehn! *Die Gefangenen erheben sich.*

MATTHIESEN: Der Direktor kommt! *Schritte des Direktors.*

1. STIMME: Herr Hans Egon Bessel, Pflanzensammler und Di-

rektor des Zuchthauses Isenbüttel, trocken und geruchlos wie die kunstvoll erstarrten, gepreßten Beispiele von Seidelbast, Fließwurz und gelbem Enzian, die in ihrem musterhaften Tod sein Arbeitszimmer schmücken, – Direktor Bessel, ziegenbärtig auf neuen Wegen des Strafvollzugs, sagt einfach – *Stille*

DIREKTOR BESSEL, *bescheiden*: Setzen . . . Bitte alles wieder hinsetzen. *Gefangene setzen sich.*

2. STIMME: Jedem ist klar, daß er eine kurze Rede des Direktors wird in Kauf nehmen müssen. So lehnen sich viele –

1. STIMME: – locker und entspannt gegen die Knie des Hintermanns, um der Rede des Direktors die nötige Aufmerksamkeit entgegenzubringen.

BESSEL: Wie in vergangenen Jahren, so haben wir auch diesmal die Freude, die Landesbühne bei uns zu begrüßen . . . die nördlichste Landesbühne Deutschlands hat ja die Gefangenenbetreuung zu einer ihrer wichtigsten Aufgaben gemacht . . . Außer unserer Strafanstalt werden noch vier Gefängnisse und zwei Zuchthäuser bespielt.

Freundlicher Beifall.

Wer das Wesen der Gefangenschaft mit dem Wesen des Theaters vergleicht . . . *leise und unverständlicher im Hintergrund.*

2. STIMME: so spricht der Direktor Hans Egon Bessel weiter, und dem Architektenbüro seiner Gedanken gelingt es tatsächlich, eine freihängende aber begehbare Brücke zwischen –

1. STIMME: Theater und Gefangenschaft zu schlagen, und zwar unter Zuhilfenahme eines hier wie dort vorhandenen hungrigen Traums, der auf die Welt projiziert wird . . . Leider weiß er nicht, wie sehr er im Recht ist. Dem Springbrunnen seiner eigenen Worte lauschend, entgeht ihm, daß Herr Ewald Buntje in diesem Augenblick seine sprühenden Schneidbrennerblicke fordernd auf Dietrich Wunsiedel, den Bademeister, richtet und ihn in strenger, aber geläufiger Augensprache abhört:

BUNTJE: Wissen alle Bescheid?

WUNSIEDEL: Alle.

BUNTJE: Die Reihenfolge?

WUNSIEDEL: Wir nehmen die Schauspieler als Geiseln . . . wir erzwingen uns den Weg zur Mauer . . . auf der Höhe des zweiten Turms wartet das Auto.

Buntje: Die Waffen?

Wunsiedel: Sind aus Brot geknetet, getrocknet und mit schwarzer Schuhcreme gestrichen.

Buntje: Der Augenblick?

Wunsiedel: Ewald und kein anderer bestimmt den Augenblick und gibt das Zeichen.

Buntje: Also ich.

Wunsiedel: Also du.

2. Stimme: Herr Ewald Buntje, verliebt in Funkenregen und Feuersbrunst, schnauft befriedigt in der Küche seiner Wünsche ... Er fühlt sich verstanden ... der Plan, den arglosen und unterhaltsamen Abend zu nutzen, stammt von ihm, denn mehr als sechs Jahre –

1. Stimme: möchte er die gehorsamen, rotköpfigen Freunde: seine über alles geliebten Streichhölzer, nicht entbehren ... Der Ausbruch ist umsichtig vorbereitet ... Großzügig kann er sich's leisten, dem Direktor Bessel recht zu geben, der nicht ohne persönliche Genugtuung feststellt:

Direktor: Und nun meine Freunde, möchten wir die Beziehung noch vertiefen: künftig wird unsere Landesbühne sogar dreimal im Jahr zu uns kommen ... das ist der Lohn unserer stetigen Bemühungen, auch im Strafvollzug neue Wege zu finden ... So ... Und nun bitte ich mir Disziplin aus ... Ehe die Vorstellung beginnt, spricht zu euch noch Herr Niederböck, der Leiter der Landesbühne.

Freundlicher Beifall.

Niederböck: Liebe Zuschauer ... liebe Freunde des Theaters –

Gelächter

1. Stimme: sagt Herr Niederböck und nimmt mit redlichem Erstaunen das Gelächter zur Kenntnis.

Niederböck: Wieder einmal sind wir in dem gastlichen Isenbüttel ... Der Anfang, den wir vor einigen Jahren gemacht haben, hat uns ermutigt, wiederzukommen ... Mit einem neuen Stück ... Wir spielen für Sie das Stück eines jüngren Hamburger Autors ... Es heißt ›Die Enttäuschung‹ und stammt von Olaf Ecklebe. *Freundlicher Beifall.* Auch auf dem Theater wird der Welt ein Schnippchen geschlagen ... *Spricht unverständlich weiter.*

2. Stimme: sagt Herr Niederböck und streut die Himbeeren seiner speziellen Kenntnisse lächelnd ins Parkett ... Eine Nachlese wird möglich sein, wenn erst sein Buch ›Wagnis und Wille des modernen Theaters‹ in wohlfeiler

Ausgabe erschienen ist . . . Da Herr Niederböck den Menschen –

1. STIMME: für ein durch und durch theatralisches Wesen hält, homo theatraliensis, hat er selbst den Vorschlag gemacht, die benötigten Statisten unter den gestreiften Herren von Isenbüttel auszusuchen . . . Sechs Statisten sind ausgewählt und sogleich in die Bemessenheit ihrer Rolle gestoßen worden . . . Und während Herr Niederböck durch seine wohllautende, wellengewiegte Rede watet –

2. STIMME: bereiten sich die Statisten insgeheim auf ihre Rolle vor . . . Eindringlich wiederholen sie für sich selbst, was sie zu sein haben . . .

ARMBRUST: Ich bin ein Puma, auch Silberlöwe genannt.

WUNSIEDEL: Ich spiele einen Luchs, und sonst nichts.

BUNTJE: Ich bin eine Elenantilope mit braunrotem Fell.

KLEBEFINGER: Gestatten, mein Name ist Steinfuchs.

NIEDERBÖCK: Ja, das alles ist Theater – oder kann es doch sein . . . Doch nun darf ich die Statisten bitten, zu uns zu kommen. Wir wollen beginnen . . . Ich wünsche Ihnen und uns einen unterhaltsamen Abend . . .

Freundlicher Beifall, Schritte der Statisten entfernen sich. Pause. Raunende Teilnahme, Räuspern, Stille.

1. STIMME, *leise*: Pst . . . Da schläft einer schwer und unruhig im Sand unter den Weiden vor der Mündung . . . einer, der James heißt und auf Schuhe verzichten kann, weil er bereits einen schwarzen, fleckigen, unergründlichen Hut besitzt . . . Er träumt, während die See – psch flit – in behaglichen Zügen den Strand hinaufleckt, von duftendem Weißbrot und einer harten, gewürzten Dauerwurst, die sich jedoch als eine lebendige Makrele entpuppt, als er von ihr abbeißen will . . . Da beginnt er sich zu regen und –

2. STIMME: läßt einen Mann, der sich Ossip nennt, erschrokken aufblicken und die Fackel zur Seite legen, die er gerade sorgfältig rollt. Auch er ist barfuß, und sein ehemals dunkler Anzug bewahrt den Duft entlegener Straßen und die untrüglichen Spuren längst genossener Vanillesoße . . . Hätte er Stelzen, könnte man ihn für einen bekümmerten Strandläufer halten. Doch James ist erwacht . . .

James und Ossip, beide etwa sechzig Jahre alt.

JAMES, *ist erwacht, mißmutig*: Ossip . . . *Wütend* Ossip! Warum hast du mich nicht geweckt! Hm! Warum hast du mich nicht geweckt, als die Sonne unterging vor der Mündung.

OSSIP, *demütig*: Ich konnte den Moment nicht abpassen.

JAMES, *drohend*: Ich muß mich trennen von dir ... Eines Tages werd ich mich trennen.

OSSIP: Entschuldige, James ...

JAMES: Man darf dir nichts überlassen.

OSSIP: Ich behielt die Sonne im Auge, James ... Wirklich ... Als sie über den Weiden war ... dann überm Schilf ... Zuletzt aber kippte sie einfach hinter den Horizont ... Zu schnell ...

JAMES: In diesem Moment hättest du mich wecken müssen ... Nicht vorher – nicht nachher ...

OSSIP: Ich schäme mich.

JAMES, *übellaunig*: Und mein Essen? Ist dies etwa mein Nachtessen?

OSSIP: Es ist die schönste Rübe, James ... Ich habe sie für dich aufgehoben bis zum Schluß ...

JAMES: Zwei Zentimeter ... miß nach! Die Scheiben sind mindestens zwei Zentimeter dick ...

OSSIP: Mein Augenmaß ist nicht mehr das alte, James.

JAMES, *bitter*: Man darf dir einfach nichts überlassen.

OSSIP, *beflissen*: Die Scheiben müssen einen halben Zentimeter dick sein ... dann magst du sie gern.

JAMES: Siehst du ... einen halben Zentimeter ... Und wie schneidest du sie? Wie für ein Pferd.

OSSIP: Entschuldige, James ... ich werd mich bessern.

JAMES: Nicht geweckt ... das Nachtessen verschnitten: – ich muß mich trennen von dir.

OSSIP, *schüchtern*: Dafür, James, ... ich habe die größte Fackel gewickelt ... die schönste und längste Fackel ... Zwölf Meilen, schätze ich, scheint sie noch über See ...

JAMES: Du kannst servieren.

OSSIP: Was?

JAMES: Ich sagte, du kannst jetzt servieren. Schneide die Scheiben in Streifen und serviere.

Ossip schneidet die Rübe in Streifen, serviert. James ißt.

1. HÄFTLING, *Zwischenruf*: Nehmt doch Rippchen dazu!

Gelächter

OSSIP, *demütig*: Wohl bekomm's, James.

JAMES, *kauend*: Dies wird die letzte Nacht sein.

OSSIP: Nach all den Jahren?

JAMES: Du bringst uns kein Glück ...

OSSIP: Ich habe mich gebessert, James ... vielleicht waren die

Fackeln zu klein, in den letzten Sommern ... vielleicht müssen wir sie langsamer über den Strand tragen ... In alten Zeiten –

JAMES: Ach, was.

OSSIP: – in alten Zeiten haben sie die Fackeln an die Hörner von Kühen gebunden ... und die Kühe, die wurden langsam über den Strand getrieben ...

JAMES: Morgen trennen wir uns ... Wisch mir die Hände ab. *Ossip tut es.* Wo ist deine Fackel?

OSSIP, *beflissen*: Gib zu, James, es ist die größte, die gelungenste.

JAMES: Eine brauchbare Fackel.

OSSIP: Nicht wahr?

JAMES: Aber sie wird uns nicht helfen ... weil du sie gewickelt hast ... Du hast uns nur Pech gebracht, Ossip, all die Jahre ... Nie, niemals lief ein Schiff aus dem Kurs ...

OSSIP: Der Segler aber, den hatten wir fast ... das mußt du doch anerkennen ... den alten Segler.

JAMES: Er kam leicht über die Sandbänke ... Und dann zeigte er uns das Hecklicht ... Alle zeigten das Hecklicht zum Schluß ... Ah, Ossip ... Wir sind nicht geschaffen füreinander.

OSSIP, *besorgt*: Aber manchmal, James, hast du da nicht schon geträumt, daß wir ein Schiff auf die Untiefen gelockt hatten? Und daß es wunderbar fest saß?

JAMES: Geträumt ja ... Ich hörte schon den Kiel knirschen im Sand ... das brach auch schön mittschiffs auseinander ... Aber dann ... Nein Ossip: mit dir gelingt uns nichts ... Wie viele Sommer haben wir es versucht ... Ich kann die Fackeln nicht mehr zählen, die wir verbraucht haben ...

OSSIP: Wir hatten nie eine so verheißungsvolle Fackel wie heute.

JAMES: Es liegt nicht daran.

OSSIP: Vielleicht lassen sich die Schiffe nicht mehr täuschen?

JAMES: Ich wollte, ich hätte dich nie getroffen.

OSSIP: Darf ich deine Beine massieren?

1. HÄFTLING, *Zwischenruf*: Und die Haare kämmen!

2. HÄFTLING, *Zwischenruf*: Und die Nägel schneiden!

Gelächter

JAMES: Steck lieber die Fackel an ... Es ist dunkel geworden.

OSSIP, *glücklich*: Du hast es nicht aufgegeben? Du hast mich nicht aufgegeben?

JAMES: Ich kehre nur zu meiner Gewohnheit zurück.

OSSIP, *erstaunt*: Was ist das, deine Gewohnheit?
JAMES: Zu hoffen ... Mach schon: steck an ... Da sind Lichter draußen in der Mündung ...
Streichholz flammt auf.
OSSIP, *glücklich*: Schau, wie sie flammt, James ... Nie hatten wir solch eine Fackel.
JAMES: Heb sie hoch.
OSSIP: Ja.
JAMES: Geh langsam.
OSSIP: Ich gehe langsam. *Er entfernt sich.*
1. STIMME: Und der dienstbare Herr Ossip geht fackelschwenkend über den Strand der Erwartung ... Wo er hinblickt, entsteht das Meer, ziehen Lichter und gedrungene Rauchfahnen vorüber ... eine Handbewegung, und Schilf schießt auf ... Ein Lächeln, und man kennt den Trost seines Alters – nämlich ein verirrtes, gestrandetes, auf nimmersatten Mahlsand gelocktes Schiff ... Jedenfalls macht er, daß –
2. STIMME: – ein schwarzer, trächtiger Strom mitten durch das Zuchthaus von Isenbüttel hindurchfließt ... Da werden manche vor Anker liegenden Wünsche flott, aber auch der berufsmäßige, pensionsberechtigte Argwohn des jungen Aufsehers Willy Barmeier ... Der hat einen Zettel gefunden ... Er hat den Zettel gelesen ... Und was ihm fehlte zu seinem Verdacht, das hat er sich beschafft aus Gehörtem und Gesehenem ... Er weiß so viel, daß der nervöse Eifer begründet ist, mit dem er sich Herrn Johann Peter Matthiesen nähert ...
BARMEIER, *unterdrückt*: Wir müssen sofort unterbrechen.
MATTHIESEN: Das Theater?
BARMEIER: Wir müssen Alarm geben ... Sie haben sich was vorgenommen, heute abend.
MATTHIESEN: Wer?
BARMEIER: Die Statisten ... Ausbruch ... ich habe einen Zettel gefunden.
Pause
MATTHIESEN: Das sieht den Säcken ähnlich ...
BARMEIER: Einer auf dem Schiff wird das Zeichen geben ... Vielleicht wollen sie die Schauspieler als Deckung benutzen.
MATTHIESEN: Wir können nicht die Vorstellung unterbrechen.
BARMEIER: Die Außenposten – sie müssen alarmiert werden.
MATTHIESEN: Ich geb auf die Schauspieler acht.
BARMEIER: Und der Direktor?

MATTHIESEN: Ich sag's ihm ... Kleiner Alarm für Außenposten, das genügt.

BARMEIER: Also das Theater nicht unterbrechen?

MATTHIESEN: Nicht unterbrechen.

1. STIMME: Und die pausbäckige, pfeifkesselheiße Pflicht stößt Herrn Willy Barmeier aus dem Innenhof, wo der unvergeßliche Theaterabend –

2. STIMME: – schlimm und gesetzmäßig –

1. STIMME: seinen Fortgang nimmt, mit Herrn James und Herrn Ossip ... Gerade sie sollten wissen, daß das Schicksal vom großen Wunschfisch –

2. STIMME: – nicht nur die Filets, sondern auch den Kopf abnagt zuletzt ... Jedoch ... *Pause*

JAMES: Kleiner, kleiner die Kreise ... Und die Fackel hochhalten.

OSSIP, *langsam gehend*: Ich sehe Lichter, James ... Positionslichter ... Wirklich.

JAMES: Nicht müde werden.

OSSIP: Ich bin nicht mehr der alte, James ... entschuldige.

JAMES: Sprich nicht soviel.

OSSIP: Ich möchte dir aus meinem Leben erzählen.

JAMES: Warum?

OSSIP: Damit du mich kennst.

JAMES: Ich will dich nicht kennenlernen ... Nie.

OSSIP: Nach all den Jahren?

JAMES: Ich weiß, daß du kein Glück bringst.

OSSIP, *traurig*: Mehr willst du nicht wissen?

JAMES: Genügt das nicht? ... Neun Jahre waren wir zusammen. Ich weiß, daß du kein Glück hast. Ich hab nichts davon, wenn ich noch mehr erfahre ... Außerdem ist alles andere nebensächlich. Nichts sagt mehr über dich, als daß du kein Glück hast ...

OSSIP: Au! Au, verdammt.

JAMES: Was fehlt dir?

OSSIP: Von der Fackel ... Es tropft von der Fackel, genau auf mein Gesicht.

JAMES: Tröste dich, daß es das letzte Mal sein wird.

OSSIP: Du bist streng, James.

1. HÄFTLING, *Zwischenruf*: Laß den Herrn mal die Flamme küssen!

2. HÄFTLING: Wärm ihm doch die Füße!

Gelächter

JAMES: Ich hätte dich früher verlassen sollen ... vor fünf Jahren.
OSSIP: Und wenn unser Schiff hier erschienen wäre?
JAMES: Unser Schiff ist nicht erschienen.
OSSIP: Ein Schiff voll mit Frühstücksspeck, Eiern und milder Seife.
JAMES: Mit Rentierschinken aus Finnland.
OSSIP: Mit kalifornischen Pfirsichen und tausend Litern Saint Emilion.
JAMES: Fang nicht wieder an, Ossip.
OSSIP, *hartnäckig*: Ein Schiff von weither ... mit einem unerfahrenen Kapitän, der meiner Fackel vertraut hätte.
JAMES, *verfängt sich in die Illusion*: Der dem Rudergänger befohlen hätte: zwei Strich Backbord.
OSSIP: Siehst du ... Er wäre aus der Fahrrinne gelaufen ... Er hätte Kurs auf uns genommen ...
JAMES: ... und wäre mitten hineingefahren in die Sandbänke.
OSSIP: Siehst du ... Und schön wie im Schulbuch auseinandergebrochen in Höhe des Kesselhauses. Und wenn dann die Besatzung verschwunden wäre ...
JAMES: Eine ganze Ladung Kaffee und Bananen.
OSSIP: Eine Ladung Kamtschatka-Krebse.
JAMES: Hör auf, Ossip. Halt die Fackel hoch.
OSSIP: Ich möchte singen für dich, James.
JAMES: Warum?
OSSIP: Ich war Dompteur vor vielen Jahren, da lernte ich ein Lied. Es ist das Lied der Dompteure.
JAMES: Ich will dich nicht kennenlernen ... auch nicht durch ein Lied.
OSSIP: Der Refrain könnte – er könnte dich vielleicht erheitern.
JAMES: Ich sehe auch Lichter, Ossip ... Positionslichter.
OSSIP, *glücklich*: Sie sind schon so nahe wie der alte Segler.
JAMES: Sing!
OSSIP, *singt*:

Ja, die Stäbe sind für die andern da
Wir brauchen nicht Schutz und nicht Schild.
Ich hab' meine Peitsche, du hast deinen Zahn,
Wir beherrschen uns beide in glücklichem Wahn
Und machen uns zahm und wild.

JAMES: Nicht weiter ...
OSSIP: Gefällt dir das Lied?
JAMES: Nein ... Schau dir die Lichter an.

Ossip, *glücklich*: Es wird etwas geschehen, James . . . Die Fackel, sie brennt ganz steil . . .

James: Auf der Stelle treten! –

1. Stimme: So kommandiert Herr James, und die einzigartige Fackel nickt jetzt nur noch und macht weithin über das Mündungsgebiet ihre flammenden Versprechungen . . . Es ist nicht wenig, was sie listig verspricht! Hier darf jeder Rum trinken, bis es aus dem Nabel sprüht; hier darf jeder – bis zu zwei Stunden – Meerjungfrauen auf dem Schoß halten; hier ist es nach örtlicher Sitte erlaubt, sich den Kaffee ans Bett bringen zu lassen, sowie jeden nur denkbaren toten oder lebenden Leckerbissen . . . Mit einem Wort: die Fackel verspricht den grünen, gastlichen, muschelumrandeten Hafenhimmel jedem, der sie ansteuert . . . Und während Herr Ossip die Fackel sprechen läßt –

2. Stimme: taucht Herr Niederböck, Leiter der Landesbühne und ihr namhaftester Regisseur, die ausgesuchten Statisten noch einmal in die dunklen Tiefen der Rolle . . . mit dem Schrot sicherer Argumente erlegt er alle Bedenken . . . Er verwandelt jeden, zeigt jedem eine verblüffende Möglichkeit theatralischer Existenz . . . sogar Herrn Armbrust . . .

Niederböck: Vergessen Sie Ihre Sprache –

1. Stimme: – sagt er zum Beispiel.

Niederböck: Vergessen Sie Ihre Zweibeinigkeit, Ihre Scheu, Ihre Stimme: Sie sind ein Puma und sonst gar nichts . . . Sie haben Puma-Gedanken, Puma-Durst, Puma-Hoffnungen . . . Ihr Vater war ein Puma . . . Sie haben die lautlose Geschmeidigkeit eines Pumas . . . Sie fauchen . . . Sie schnurren . . . Für die ganze Dauer Ihres Auftritts sind Sie ein Puma . . .

Armbrust: Danach darf ich nichts sagen.

Niederböck: Als Puma?

Wunsiedel: Auch ich nicht?

Niederböck: Solange es keine sprechenden Luchse gibt – auch Sie nicht . . . Tiere, nicht wahr? Was ihr darzustellen habt, sind herrscherliche Tiere, von weither, nicht wahr? Befreit durch besondere Umstände, furchteinflößend, ratlos, nicht wahr, in schönem Zorn, plötzlich befreit und doch in einer besonderen Gefangenschaft – falls ich mich klar genug ausgedrückt habe.

Buntje: Und wir haben auf einmal die Oberhand?

Niederböck: Durch die erwähnten Umstände.

Buntje: Und dürfen auch gereizt sein?

NIEDERBÖCK: Nach Herzenslust gereizt.
BUNTJE: Dürfen auch den Schauspielern zu nahe kommen?
NIEDERBÖCK: Unbedingt.
BUNTJE: Von mir aus kann's losgehen.
KLEBEFINGER: Bitte schön: wie äußert sich der Steinfuchs? Wenn er gereizt ist?
NIEDERBÖCK, *verblüfft*: Der Steinfuchs? Wozu?
KLEBEFINGER: Ich spiele den Steinfuchs. *Pause*
NIEDERBÖCK: Bellen . . . Ich möchte vorschlagen: trocken, nicht wahr, heiser und scharf bellen.
KLEBEFINGER: Wird bestens besorgt.
NIEDERBÖCK: Noch einmal, meine Herren: wild, aber sprachlos . . . Entfesselt, aber selbstverständlich . . . Falls ich mich klar genug ausgedrückt habe . . . Ich gebe euch einen Wink . . . Wer noch Fragen hat –
1. STIMME: hätte jetzt die letzte Möglichkeit, sie zu stellen . . . Aber man ist allgemein im Bilde und so weiter, und jeder weckt tief drinnen das schlafende Tier, das er einem höchst überraschten Publikum auftischen wird . . . Souverän hat Herr Niederböck auf zeitraubende Proben verzichtet, denn weil nach seiner Überzeugung –
2. STIMME: – der Mensch ein theatralisches Wesen ist (homo theatraliensis), braucht nur sein Spieltrieb kunstvoll geweckt zu werden, damit er die Szene mit Leben erfüllt . . . (Skeptiker werden durch Herrn Niederböcks Buch ›Wagnis und Wille des modernen Theaters‹ zierlich ins Unrecht gesetzt.) . . . Jedenfalls pfeift er durch die Zähne und gibt dem gewerkschaftlich betreuten Theatermaschinisten ein Zeichen, worauf der unkündbare Zauberer –
1 STIMME: in den Innenhof des Zuchthauses von Isenbüttel – ruckend und quietschend – ein Schiff einfahren läßt . . . Ein unbestreitbares Schiff, das zur Freude der Herren James und Ossip gleich verunglücken wird auf ergiebige Weise.
JAMES: Hoch, hoch die Fackel, Ossip . . .
OSSIP, *glücklich*: Es kommt, James . . . Es hält Kurs auf uns.
JAMES: Stillhalten!
OSSIP: Es ist mitten in den Sandbänken.
JAMES: Die Fackel . . . Stillhalten!
OSSIP, *glücklich, lockend*: Komm, Schiff . . . Steure mich an . . . Jetzt nicht mehr abdrehen . . . hier ist ein stiller Hafen . . . Hier ist ein Platz zum Ausruhen . . . für immer . . .
JAMES: Sprich nicht soviel.

OSSIP: Ich besänftige mich nur.
JAMES: Du brauchst dich nicht zu besänftigen.
OSSIP: Der heilige Johannes mußte es auch . . . Manchmal.
JAMES: Johannes? Du willst dich doch wohl nicht mit ihm vergleichen?
OSSIP: Ich bring dir Glück, siehst du.
JAMES: Glück?
OSSIP: Das Schiff.
JAMES: Was?
Fern polterndes Geräusch.
OSSIP, *glücklich*: Das Schiff . . . es liegt still, James . . . Es neigt sich . . . *sehr glücklich* Wir haben es! Wir haben es!
JAMES: Umarm mich nicht!
OSSIP: Ich muß mich freuen.
JAMES: Laß meine Hände los.
OSSIP, *glücklich*: Unser Schiff, James – – endlich!
JAMES: Es ist aufgelaufen.
OSSIP: Es wird schön entzweibrechen. *Pause*
JAMES: Tanz nicht.
OSSIP: Ich tanz vor Freude.
JAMES: Was meinst du damit?
OSSIP: Gestern wußtest du es noch . . .
Fern polterndes Geräusch.
JAMES: Sie springen, Ossip . . . Einige springen von Bord.
OSSIP: Gestern sagtest du: ein Strick und ein Ast könnten mir Freude bringen.
JAMES: Das Schiff . . . es ist wahrhaftig aufgelaufen . . . Unser Schiff.
OSSIP: Ob da Cognac drauf ist?
JAMES: Sicher.
OSSIP: Auch Wein?
JAMES: Sicher.
OSSIP, *freudig*: Und Ananas? Schinken? Weißbrot?
JAMES: Du darfst mich umarmen.
OSSIP, *glücklich*: Danke, James. *Er tut es.* Ich drücke die Fackel im Sand aus. *Er tut es.*
JAMES: Liegt das Boot bereit?
OSSIP: Wollen wir schon übersetzen?
JAMES: Nein.
OSSIP: Da springen immer noch einige von Bord.
JAMES: Denk dir nichts dabei.
OSSIP: Sie setzen kein Boot aus . . . Sie werden ertrinken.

JAMES: Das kann geschehen.
OSSIP: Was sollen wir jetzt machen?
JAMES: Warum?
OSSIP: Zuviel Freude, James ... Ich muß etwas tun vor Freude.
1. HÄFTLING, *Zwischenruf*: Schmeiß den Herrn in die Elbe!
2. HÄFTLING, *Zwischenruf*: Friß deine Fackel!
Gelächter
JAMES: Gib mir Feuer.
OSSIP, *reißt ein Streichholz an*: Bitte.
JAMES: Erklär mir die Freude.
OSSIP: Wen?
JAMES: Die Freude.
OSSIP: Das ist das schlimmste! erklären ... Es geht nicht ... Entschuldige James, aber ich bin nicht mehr der Alte ... Also die Freude ...
JAMES: Eben.
OSSIP: Moment mal ... da draußen liegt das Schiff ... und wartet auf uns ... Wartet ... Freude ... Ich schaff es nicht, James.
JAMES: Leider.
OSSIP: Aber die Fackel, James: sag selbst, es ist die beste Fackel, die ich gewickelt habe.
JAMES: Wie findest du mich?
OSSIP, *betroffen*: Was?
JAMES: Wie du mich findest?
OSSIP: Ach, James ... ohne dich wäre ich Sand.
JAMES: Ein Blatt.
OSSIP: Eine Handvoll Sand.
JAMES: Siehst du ... ich bringe dich auf unser Schiff.
OSSIP: Du willst dich nicht trennen von mir? *Schweigen*
JAMES: Unser Boot?
OSSIP, *eilfertig*: Liegt im Schilf ... wartet nur auf deinen Befehl ... Unser Boot ist bereit, James.
JAMES: Schlaf ich? Träum ich dies alles? Wahrscheinlich.
OSSIP: Du träumst nicht, James.
JAMES: Liegt dort wirklich ein Schiff auf der Sandbank?
OSSIP: Unser Schiff. Wir haben es endlich geschafft! ... Uns zuliebe ist es verunglückt.
JAMES: Nach neun Jahren?
OSSIP: Solange serviere ich dir dein Essen, trockne deine Hände ab, kämme und bürste dich.

JAMES: Ich schenke dir das Schiff . . . mit allem, was drauf ist.
OSSIP: Mit allem, was drauf ist? . . . Du bist gut zu mir, James.
Pause
JAMES: Was hast du?
OSSIP: Neun Jahre haben wir geträumt von diesem Schiff . . . Ich habe viele Fackeln gewickelt . . . Das Schiff war unser Traum, James . . . Und jetzt schenkst du ihn mir.
JAMES: Eben.
OSSIP: Ich möchte –
JAMES: Was?
OSSIP: Könntest du nicht das halbe Schiff zurücknehmen? . . . Es wäre so schön, zu teilen.
JAMES: Helfe ich dir damit?
OSSIP: Ja.
JAMES: Zieh das Boot aus dem Schilf . . . Wir fahren hinüber . . . Wir nehmen Besitz von unserem Schiff.
OSSIP: Wir haben es uns erworben.
1. STIMME: – sagt Herr Ossip und zerrt aus schön stilisiertem Schilf ein kleines Ruderboot, das er fröhlich auf die spiegelnde Metallfläche hinausschiebt . . . Kein Plätschern ist zu hören, und doch verwandelt Herr Ossip durch die Qualität seines Watens den Innenhof des Zuchthauses Isenbüttel in ein glaubhaftes Mündungsgebiet . . . Sein Zittern und rechtschaffenes Zähneklappern läßt sogar die Wassertemperatur erahnen, und wenn er stumm und erschreckt auffährt, vermutet jeder, daß er mit nackter Sohle einen kaltblütig schlafenden Flachfisch in Bedrängnis gebracht hat . . . Das kleine Boot wippt und tänzelt und freundet sich mit den Wellen an, während Herr Ossip –
2. STIMME: – reihersteif zurückwatet zum kühlen, sandigen Strand, wo er Herrn James huckepack nimmt . . . Und huckepack trägt er ihn durch das flache Wasser zum Boot . . . Natürlich schwankt das Boot, wenn Herr James, wie es ihm zukommt, das Steuer übernimmt, aber der Herr Ossip gleicht das geschickt durch kurze, treibende Schläge aus, mit denen er das Boot über die spiegelnde Metallfläche zu der verbündeten Sandbank rudert . . . Dort ruht, für jedermann sichtbar, mit der verhängnisvollen Schlagseite von zwölf Grad, das schwarze, schwere, höchst ergiebige Unglücksschiff, das die Kunst des Theatermaschinisten im Ausschnitt anbietet . . . Schweigend halten sie darauf zu . . . Es läßt sich nicht übersehen, daß beide Herren vor Erregung hinlänglich –

1. STIMME: – ergriffen sind ... Doch das wird jeder verstehen, der so wie die Herren James und Ossip, zumal nach neunjährigem Warten, zum Schiff seiner Träume hinrudert ... Jedenfalls wird in der Ruderszene bewiesen, daß einfach Verzögerung –

2. STIMME: – schon Bedeutung entstehen lassen kann ... und so rudern sie über die Bühne, zögernd und lauschend, jeder scheppernd vor Erwartung wie ein Topfdeckel ... das letzte Stück treiben sie, und eine hilfsbereite Strömung bringt sie wie zufällig in die Nähe des Fallreeps ... Sie machen fest ... sie flüstern ... Sie sehn sich an in Unentschiedenheit ... doch dann klettern, steigen sie langsam hinauf aufs schräge Deck ihrer nicht nur symbolischen, sondern tatsächlichen Riesenbeute.

Sprung, Stille.

OSSIP, *leise*: Niemand, James ... Keiner an Bord.

JAMES: Bleib stehn.

OSSIP, *demonstrativ*: Nimm, was du hier siehst ... bedien dich.

Tür fällt zu.

JAMES: Still ... Eine Tür ... noch eine ...

OSSIP: Komm, ich zeig dir deinen Besitz ... Laß die Türen ... Sie hatten keine Zeit, sie zu schließen.

JAMES: Da faucht einer.

OSSIP: Der Wind.

JAMES: Geh nicht zu schnell. *Sie gehen langsam.*

OSSIP: Wir hätten die Fackel mitnehmen sollen.

JAMES: Schrei nicht so.

OSSIP: Ich schrei doch nicht.

JAMES: Du brüllst wie ein Maurerpolier.

OSSIP: Wie bitte?

JAMES: Wie ein Turnlehrer.

OSSIP: Im Gegenteil. *Sie bleiben stehen.*

JAMES: Ich höre Bellen ... von weither.

OSSIP: Bellen?

JAMES: Und Kratzen.

OSSIP: Deine Phantasie ... Deine Phantasie hat immer etwas nötig.

JAMES: Das Klopfen ... Hörst du nicht das Klopfen?

Klopfen

OSSIP: Ich höre nichts.

KAPITÄN, *von oben*: Hier herauf ... auf die Brücke ... schnell.

OSSIP: Da ist einer.

JAMES: Er ruft uns zur Brücke.
OSSIP: Sollen wir gehen?
JAMES, *ruft zurück*: Wer bist du?
KAPITÄN: Der Kapitän ... Kommt schnell.
OSSIP: Er sagt, er ist der Kapitän.
JAMES: Vielleicht ist er der Kapitän.
OSSIP: Uns hat er nichts zu sagen.
JAMES: Komm!
Schritte, Sperrketten werden ausgehakt.
KAPITÄN: Schnell! Und die Ketten vor ... *Ketten werden eingehakt.* Jetzt sind wir sicher.
OSSIP: Was machst du hier?
JAMES: Sicher? Vor wem sicher?
KAPITÄN: Sie sind an Bord ... Alle ...
JAMES: Wer?
KAPITÄN: Und frei ... sie sind frei ...
OSSIP: Wen meint er?
KAPITÄN: Die Schlösser sprangen auf ... Als wir auf die Sandbank liefen ... Das Schiff hob sich ... die Ladung kam ins Rutschen, und alle Schlösser an den Käfigen sprangen auf ... Seht euch meine Schulter an.
Pause
OSSIP: Ich seh nichts.
JAMES: Was ist da?
KAPITÄN: Stellt euch hier hin.
JAMES: Tatsächlich. Er blutet.
OSSIP: Eine Wunde.
KAPITÄN: Eine Bißwunde ... Ich konnte mich noch retten, hierher.
OSSIP: Wer hat dich gebissen?
KAPITÄN: Ich weiß nicht, einer von ihnen.
OSSIP, *lacht*: Hörst du, James: er weiß nicht, wer ihn gebissen hat.
JAMES: Das kann vorkommen.
KAPITÄN: Ein Luchs ... ein Puma ... vielleicht ein Steinfuchs: was weiß ich.
OSSIP, *lacht*: Vielleicht war's das Kaninchen, von deinem Pelzkragen.
KAPITÄN: Sie sind alle frei ... sie jagen die Heizer unten im Schiff.
JAMES: Wer?
KAPITÄN: Die Tiere ... Habt ihr sie nicht gehört? *Pause* Wir

haben eine Ladung Tiere an Bord ... Nichts als Leoparden und Luchse und all so'n Zeug.

Ich denke, ihr wußtet das ... Tiere für einen Zoo.

Schweigen Still.

OSSIP, *bekümmert*: Geh nicht fort, James ... Laß mich nicht allein, bitte.

JAMES: Ich hätte es wissen müssen.

KAPITÄN: Als die Schlösser sprangen beim Auflaufen ... sie stürzten nur so aus den Käfigen ... sie jagten meine Leute ... viele sprangen über Bord ...

OSSIP: Aber wie kam es ... warum seid ihr auf der Sandbank gelandet?

KAPITÄN: Ruderschaden.

OSSIP: Nur Ruderschaden?

KAPITÄN: Wer seid ihr eigentlich?

JAMES: Ich hätte es wissen müssen. Du bringst kein Glück, Ossip.

KAPITÄN: Von der Hafenbehörde seid ihr nicht.

OSSIP, *besorgt*: Ich werde es gutmachen, James ... Ich werde sorgen, daß du dich schon beim Erwachen wohlfühlst ... Nur verlaß mich nicht.

KAPITÄN: Verlassen?

OSSIP: Du wirst es nicht bereuen, James.

KAPITÄN: Hier kann dich niemand verlassen.

OSSIP, *plötzlich*: Da kommen sie.

KAPITÄN: Eben.

OSSIP: Auch ein Berberlöwe ist dabei.

KAPITÄN: Eben ... Berberlöwe?

OSSIP: Ich weiß, was du denkst, James ... Du möchtest mir Vorwürfe machen, weil ich dich nicht ertrinken ließ, vorgestern ... als du von der Elbbrücke sprangst, weißt du? ... Wirklich, James, ich dachte mir nichts Böses, als ich dich rauszog ...

KAPITÄN: Eine Falle, seht ihr ... wir sitzen schön in der Falle.

Klatschen, Pfeifen, Lachen des Auditoriums.

1. STIMME: Heftig und ungelenk ist die Begeisterung, mit der die gestreiften Herren, wohl oder übel an der Handlung teilnehmend, die Tiere empfangen, die auf Herrn Niederböcks Wink aus einer Luke quellen ... Was die Bestien zeigen, das ist entfesseltes Theater erster Sorte ... Vor allem Herr Armbrust als Puma versteht zu gefallen, während Herr Wunsiedel als Luchs anfangs zu nachdenklich wirkt ...

Brüllen, Fauchen. Hin und her tappen und wogen die edlen Katzen, streichen sich mit gekrümmter Pfote übers Ohr, blinzeln korrekt aus den Augenwinkeln ... mit geschmeidiger Tobsucht beherrschen sie das Schiff und wären durchaus in der Lage –

2. STIMME: – sich einem zufällig anwesenden Friedrich Luft derart ins Herz zu spielen, daß ihnen eine kunstvoll popularisierte Kritik nur bestätigen könnte, auf diesem Wege weiterzumachen ... Sie spüren und schnüren und überlassen es ihren wunderbaren Nasen, die warmblütigen Leckerbissen auf der Brücke auszumachen ... sie bäumen sich tadellos auf ... sie ducken sich tief und schnellen empor zum Räucherhaken ihrer Hoffnung ... *trockenes Bellen* – Vor Enttäuschung bellt Lord Klebefinger, der aus der Rolle des Steinfuchses mehr rausholt als der Autor in ihr angelegt hat ... *Fauchen, Knurren, Bellen* ... Es wird nicht ziellos gebellt und geknurrt ... All die edlen Katzen, hübsch gereizt durch lange Gefangenschaft, voll Hunger auf Eiweiß und unvergitterten Horizont, drängen sich vor dem Aufgang zur Brücke und versuchen, die Sperrketten zu überwinden ... Was sie vorhaben, kommt in spontanen Zwischenrufen unmißverständlich zum Ausdruck.

1. HÄFTLING, *Zwischenruf*: Guten Appetit!

2. HÄFTLING: Gesegnete Mahlzeit.

1. STIMME: Doch während sie auf überzeugende Art Hunger spielen und Zorn und Gier –

2. STIMME: – benutzen sie den Augenblick, um sich zum letzten Mal über den Plan zu verständigen, den Herr Ewald Buntje entworfen hat ... Zwischen Knurren und Fauchen gebrauchen sie auch noch eine andere Sprache.

BUNTJE: Du schnappst dir den Kapitän.

ARMBRUST: Mit Vergnügen. *Fauchen*

BUNTJE: Du den Barfüßigen.

WUNSIEDEL: Er kann sich schon leid tun. *Knurren*

BUNTJE: Wirst du mit der Melone fertig?

KLEBEFINGER: Ich zieh' sie ihm über die Augen. *Bellen*

BUNTJE: Wir nehmen sie als Deckung.

WUNSIEDEL, *knurrt*: Und wenn sie schießen?

BUNTJE: Ich sagte, wir gehen hinter ihnen in Deckung ... Auf Schauspieler schießen sie nicht.

ARMBRUST: Wartet das Auto?

WUNSIEDEL: Beim zweiten Turm. *Fauchen* Hinter der Mauer.

BUNTJE: Fertig? ... Dann los.

KLEBEFINGER: Geht's los?

BUNTJE: Vorwärts!

1. STIMME: Und tappend, mit beweglichen Pfoten schieben sich die entfesselten Tiere gegen die Sperrketten vor, wobei sich zeigt, daß sie in ihrer Mitte –

2. STIMME: – eine Elenantilope verbergen, die von Herrn Buntje, dem Feind aller Strohdächer, leider so unkonzentriert gespielt wird, daß man von einer Fehlbesetzung sprechen könnte ... Jedenfalls weichen vor diesem Drücken und Drängen die Herren auf der Brücke –

1. STIMME: – umsichtig, wie die Gefahr es ihnen eingibt, einige Schritte weiter zurück ... Da hat es schon seine Berechtigung, wenn der Kapitän besorgt feststellt –

KAPITÄN: Weiter geht's nicht.

OSSIP: Und jetzt?

KAPITÄN: Wir warten, bis sie kommen.

OSSIP: Hörst du, James: er will warten, bis sie kommen.

KAPITÄN: Bis sie uns anspringen ... niederwerfen ... und –

OSSIP: Verzehren?

KAPITÄN: Auch das ... Oder hältst du dich für einen großen Verlust?

OSSIP: Was?

KAPITÄN: Ob die Welt ärmer ist, wenn du verschwindest?

OSSIP: In Bayern sagte James einmal: jeder Mensch kann ein Verlust sein.

KAPITÄN: Jedenfalls, wir können nur warten.

Knurren, Fauchen.

OSSIP: Warum sagst du nichts, James ... wenn du etwas sagst, dann ändert sich manchmal etwas.

JAMES: Ich hätte alles wissen müssen.

KAPITÄN: Schau sie dir an.

JAMES: Wozu?

KAPITÄN: Einer wird es sein ... vielleicht der Puma ... Oder der Berberlöwe.

OSSIP: Die unterscheiden sich kaum ... die finden die Halsschlagader ... schon mit dem ersten Biß.

KAPITÄN: Die Halsschlagader?

OSSIP: Wenn du weißt, was ich meine ... Puma und Löwe, die halten sich an die Halsschlagader ... Da spielt die Jahreszeit keine Rolle.

KAPITÄN: Und so ein Steinfuchs?

OSSIP: Würgt.
KAPITÄN: Erzähl nicht weiter.
OSSIP: Warum nicht?
KAPITÄN: Erzähl es nicht.
OSSIP: Schade ... Ich dachte, endlich einer, dem ich von meinen Erfahrungen erzählen kann.
KAPITÄN: Behalte sie für dich.
OSSIP: Was glaubst du, James: soll ich ihm die Geschichte vom Rheinländer im Schlangenhaus erzählen?
JAMES: Nein.
Knurren, Fauchen, Rasseln der Sperrketten.
OSSIP: Dann sag, was wir tun sollen.
JAMES: Es ist nichts mehr zu sagen.
OSSIP: Bitte, James, dir ist doch nie das Wort ausgegangen.
JAMES: Ich weiß jetzt, daß du kein Glück bringst.
OSSIP: Mehr willst du nicht wissen?
JAMES: Nein.
KAPITÄN: Wer seid ihr eigentlich ... Von der Hafenbehörde seid ihr nicht.
OSSIP: Wir spielen unsere Rolle.
KAPITÄN: Eure Rolle?
OSSIP: Ja, wenn du weißt, was ich meine.
KAPITÄN: Da wagt man kaum noch zu lachen.
OSSIP: Gehen wir, James?
KAPITÄN: Gehen ist gut.
OSSIP: Es ist nur eine Frage des Temperaments ... Alles ist eine Frage des Temperaments.
KAPITÄN: Es ist eine Schande, aber es ist so.
OSSIP: Eure Ladung ... habt ihr nur Tiere als Ladung?
KAPITÄN: Auch Holz ... Sandelholz ... Rotes und weißes.
OSSIP: James, bitte ... sag etwas ... Magst du Sandelholz? ... Hast du eine Schwäche für Sandelholz?
JAMES: Zurück, verdammt ... Wollt ihr zurück! *Fauchen*
OSSIP: Stören dich die Tiere, James?
JAMES: Du weißt, ich mag keine Tiere.
OSSIP, *zu den Tieren*: Weg, weg von James ... ssa! ... Kommt ihm nicht zu nah! *Sehr erschrocken* Mein Gott, James ... Entschuldige ... entschuldige vielmals.
KAPITÄN: Was ist los?
OSSIP: Ich weiß, warum du schweigst, James ... Entschuldige.
KAPITÄN: Was fehlt dir?

OSSIP: Ich hab ihn nicht massiert . . . Ich hab vergessen, ihn zu kämmen. Und sein Essen . . . ich hätte längst servieren müssen . . . Was ist nur mit meinem Gedächtnis . . . Ich bin unglücklich.

KAPITÄN, *ironisch*: Nicht möglich . . .

OSSIP: Wir müssen gehn.

KAPITÄN: Ich will euch nicht aufhalten. *Knurren, Fauchen* . . . Bitte.

OSSIP: Das ist sowieso nicht unser Schiff.

KAPITÄN: Ihr seid mit einem andern Schiff verabredet.

OSSIP: Ja . . . seit langem . . . Sei nicht enttäuscht, James . . . Ich werde alles gutmachen . . . Du wirst dich wohlfühlen bei mir . . . Du wirst nie mehr Grund haben, traurig zu sein . . .

JAMES: Mach die Augen auf.

OSSIP: Was?

JAMES: Ich sagte, mach endlich die Augen auf, wenn du deine Haut liebst.

OSSIP: Ach, James.

JAMES: Die Träume, die richten uns am schlimmsten zu.

OSSIP: Wart hier, James.

KAPITÄN: Hier ist eine Peitsche.

OSSIP: Ich brauch einen Stock.

KAPITÄN: Stock und Peitsche?

OSSIP: Den Relingpfosten . . . der Relingpfosten ist gut als Stock. *Knurren, Fauchen.* So. *Ruft* Zurück! Zurück in eure Käfige!

Peitschenknall, Fauchen.

KAPITÄN, *warnend*: Bleib hier. Sie machen dich fertig.

OSSIP, *Peitschenknall*: Heja, Prinz! Vorwärts, Abdullah!

KAPITÄN: Er schafft es nicht. Sie machen ihn fertig . . . Halt ihn zurück.

JAMES: Warum?

KAPITÄN: Du denkst für ihn . . . Sag ihm, er soll hierbleiben.

JAMES: Wenn er hierbleibt, blieben wir zusammen.

KAPITÄN: Willst du das nicht mehr?

JAMES: Er hat kein Glück.

KAPITÄN: Bringt er Unglück?

JAMES: Ich sagte, er hat kein Glück.

KAPITÄN: Ach so.

OSSIP, *Peitschenknall*: Hopp! Allez-hopp! Auch du bist gemeint . . . meine Antilope . . . Zurück ins Ställchen! *Peitschenknall* Willst du wohl!?

1. Stimme: fragt der Herr Ossip schroff und wundert sich, daß ausgerechnet die friedfertige, fleisch-verschmähende Elenantilope sich so widerspenstig verhält ... Deshalb läßt er – schwipp-zipp – die lederne Peitsche mit den einundzwanzig Knoten gegen das brandrote Fell fliegen *Peitschenknall* und bittet auf diese Art um Gehorsam ... Es entgeht ihm nicht –

2. Stimme: – daß die aufsässige Antilope auf einmal ein unmißverständliches Zeichen zum Angriff gibt und mit dem Ruf –

Buntje: Vorwärts Jungs!

2. Stimme: – gegen ihn vorgeht ... das tun auch die andern Tiere ... Geduckt und sprungbereit –

1. Stimme: – mit ordentlich zurückgelegten Ohren und kaltem Glanz im Auge

2. Stimme: – dringen sie auf ihn ein.

Ossip: Zurück! Wollt ihr wohl zurück ... *Peitschenknall* He-ja, heja, Abdullah ... sei brav ... Sei brav, Prinz ... Marsch in den Käfig.

Buntje, *leise, scharf*: Nimm ihm die Peitsche weg.

Armbrust: Ich versuch's ja. *Peitschenknall*

Buntje: Was ist denn?

Armbrust, *mit unterdrücktem Schmerz*: Dieses Schwein ... Er schlägt zu.

Ossip, *laut*: Brav ... Ruhig ... Vorn bleiben ... So.

Buntje, *leise, scharf*: Bist du verrückt. Du schlägst zu.

Ossip: Zurück, sag ich ... Zurück in den Käfig ... *Erschrocken* Was ist los? Was habt ihr auf einmal? ...

Buntje: Paß auf ... Paß auf deine Peitsche auf ...

Ossip, *leise*: Ihr müßt fauchen, knurren ... Was wollt ihr von mir? *Laut* Wird's bald?

Buntje, *drohend*: Wart nur ... ich brech dir das Genick.

Peitschenknall

Wunsiedel, *leise*: Au! Au, verdammt.

Ossip, *leise*: Was ist? Mitspielen ... mitspielen ... *Laut* Ich werd euch lehren ... *Heftiger Schrittausfall* ... Ich werd euch beibringen, was ihr zu tun habt ... Zurück!

Peitschenknall

Buntje: Das wird dir noch leid tun.

Ossip: Ihr wollt wohl nicht mehr –

Buntje: Du hast's erraten.

Ossip: Dann versuch's doch. *Peitschenschlag*

Buntje: Du Rotzlöffel ... wir spielen mit.

OSSIP: Ihr spielt was andres.

BUNTJE, *leise*: Schnappt ihn.

ARMBRUST: Schnapp du ihn.

BUNTJE: Macht ihn fertig.

WUNSIEDEL: Mach du ihn doch fertig.

OSSIP, *leise*: Mitspielen, sag ich ... habt ihr alles vergessen. *laut* Und jetzt zurück ...

BUNTJE: Mistbiene.

OSSIP, *schlägt mit dem Relingpfosten zu*: Entschuldigung.

BUNTJE: Das kriegst du zurück.

OSSIP, *leise*: Ihr müßt bellen, fauchen. *Peitschenknall* Wie macht ein braver Puma!

1. STIMME: Und da Herrn Ossips Peitsche diese Frage schwippzipp unterstreicht, versteht Herr Armbrust sehr rasch, was von einem braven Puma verlangt wird ... Springlebendig kreist und flattert die lederne Peitsche über den ratlosen, edlen Tieren, beißt dem einen ins Fell, rötet dem andern die Haut ... Und wo die Peitsche sich harmlos vorkommt, da ruft die den Relingpfosten zu Hilfe ... der drischt fröhlich, aber gedämpft ... Jedenfalls ermuntert der *Peitschenknall* –

2. STIMME: – die regie-feindlichen Katzen, die Gesetze des Spiels – und sei es auch widerwillig – anzuerkennen ... Dabei muß allerdings zugegeben werden, daß Herr Ossip nicht nur einen beliebigen Ex-Dompteur ahnen läßt ... So lustvoll und beherrscht, wie er Peitsche und Stock gebraucht, macht er das Wesen des Dompteurs schlechthin deutlich ... niemand käme auf den Gedanken, sich seinem Willen zu widersetzen ... wer überhaupt einen Sinn für Gehorsam hat – hier muß er gehorchen ... und es ist nur natürlich –

1. STIMME: – wenn das gestreifte, Wollstrümpfe tragende Publikum zwischen Furcht und Bewunderung schwankt ... und zwar einfach schon deshalb, weil es dem Herrn Ossip gelingt –

2. STIMME: – die angriffslustigen Tiere, die schwer an ihren Wünschen tragen, mit Heja und Hopp gegen das trübselige Spalier der offenen Käfige hinzutreiben ... Mit so viel Glück –

1. STIMME: – und überzeugendem Sachverstand, daß jeder Zuschauer künftig keinen Dompteur wird sehen können, ohne ihn unwillkürlich an Herrn Ossips bezwingender – ich sage bezwingender – Darstellung zu messen.

KAPITÄN, *begeistert*: Er schafft es ... er schafft es wirklich ... Ein bedeutender Mann, dein Freund.
JAMES, *begeistert*: Ich sah es kommen.
KAPITÄN: Wunderbar.
JAMES: Ossip ist wunderbar.
KAPITÄN: Der erste ist drin ... Der Steinfuchs. *Riegel*
JAMES: Eines Tages wird er mir sein Leben erzählen.
KAPITÄN: Er wirft die Riegel vor. *Riegel*
JAMES: Ich werde ihm zuhören ... Es wird nicht ausbleiben, daß ich ihn kennenlerne ... Und dann –
KAPITÄN: Was?
JAMES: Vielleicht werde ich ihn lieben.
KAPITÄN: Auch der Puma ist drin. *Riegel*
JAMES: Er schafft es. Mein Ossip schafft es.
KAPITÄN: Eine Belohnung ... meine Reederei wird eine Belohnung aussetzen ... Ich werde mich dafür stark machen ... *Riegel* Er hat die Tiere eingesperrt ... Er hat sie bezwungen ... Dein Freund. *Ossips Schritte* ... Bravo! Ich sage nur: bravo ... Wir haben es selbst gesehen.
OSSIP, *erschöpft*, *resigniert*: Die Peitsche ... der Stock ... Danke.
KAPITÄN: Zigarette?
OSSIP: Nein, danke.
JAMES: Du hast mir gefallen, Ossip.
OSSIP: Ja?
JAMES: Du hast mich überzeugt.
OSSIP, *traurig*: Das freut mich. *Pause*
KAPITÄN: Hört, wie sie heulen in ihren Käfigen. Das ist Wut.
OSSIP: Enttäuschung.
KAPITÄN: Zorn.
OSSIP: Nur Enttäuschung.
JAMES: Ich bin stolz auf dich, Ossip ... Meine Hand.
OSSIP: Danke.
JAMES: Wenn du willst, darfst du mich umarmen.
OSSIP: Später, vielleicht.
JAMES: Oder sing ... Das Lied der Dompteure.
OSSIP: Jetzt fehlt mir die Stimme.
JAMES: Sie kommt wieder. *Pause*
OSSIP: Fahren wir?
JAMES: Du willst fahren?
KAPITÄN: Jetzt schon fahren?
OSSIP: Ach, James ...
JAMES: Willst du uns nicht aus deinem Leben erzählen?

OSSIP: Ich möchte fahren, an den Strand.
JAMES: Hilft dir das?
OSSIP: Ja.
JAMES: Sehr?
OSSIP: Ja.
JAMES: Dann fahren wir ... Wir verlassen unser Schiff.

1. STIMME: – sagt der Herr James und verläßt Arm in Arm mit dem erstaunlich matten Herrn Ossip die Brücke ... Sie überqueren langsam das Deck ... Sie nähern sich den niedrigen, doppelt verriegelten Käfigen, in denen die edlen Katzen ihre Schritte durch Atemzüge dividieren, um auf solche Art die Summe der Enttäuschung auszurechnen ... Und während Herr James höhnisch hineinwinkt, schlägt der Herr Ossip nur die Augen nieder, als wollte er die Verlierer stumm um Entschuldigung bitten ... So erweist –

2. STIMME: – ein demütiger Sieger dem Bezwungenen die letzte Ehre und so weiter ...

Beifall zweier Männer.

Lange steht Herr Ossip in dieser Haltung ... Er lehnt es ab, den plötzlichen Beifall zur Kenntnis zu nehmen, der von den Plätzen der Herren Aufseher Barmeier und Matthiesen zu hören ist ... Er versteht diesen Beifall nicht ... Er kann ihn nicht einsehen ... Er hat keinen anderen Wunsch, als daß ihm aus der Hand einige Maiglöckchen wachsen, die er in die Käfige hineinwerfen könnte ... Leider wird die pantomimische Einlage nicht sofort begriffen ... Aber Herr James mag auch nicht –

1. STIMME: – länger warten und zieht den matten Freund Ossip aus der Tiefe seiner Nachdenklichkeit zum Fallreep hinüber ... Es läßt sich nicht übersehen, daß sich da etwas geändert hat in den Beziehungen ... Ein Wandel ist eingetreten ... Und wie jeder erwartet, trägt diesmal Herr James den Freund huckepack durch das flache Wasser ... In diesem Augenblick der Handlung möchte niemand einen Zwischenruf riskieren ...

OSSIP: Was machst du?
JAMES: Eine Fackel, Ossip ... Ich wickel' uns eine Fackel.
OSSIP: Es sind keine Lichter in der Mündung.
JAMES: Nicht jetzt ... aber vielleicht morgen schon.
OSSIP: Dann wünsche ich dir Glück.
JAMES: Warum nicht uns?
OSSIP: Uns?

James: Ossip – ich möchte, daß wir zusammenbleiben.
Ossip: Du willst dich nicht trennen von mir?
James: Ohne dich wäre ich Asche.
Ossip: Trockenes Schilf.
James: Eine Handvoll Asche.
Ossip: Ach, James.
James: Ich werde dir eine Gurke servieren.
Ossip: Was?
James: Ich sagte, im Versteck liegt eine saftige Gurke ... Ich möchte sie dir servieren.
Ossip: Du willst dich nicht trennen von mir?
James: Ich will, daß wir zusammenbleiben.
Ossip: Es geht nicht. *Schweigen*
James: Was?
Ossip: Ich muß fort, James.
James: Das sagt man so.
Ossip: Nicht jetzt ... Nicht in der Nacht, aber morgen ... Morgen muß ich fort.
James: Stromaufwärts oder stromabwärts?
Ossip: Zum Zirkus ... Ich möchte in meinem alten Beruf arbeiten.
James: Mit der Peitsche?
Ossip: Mit Stock und Peitsche ... Diesen Wunsch hab ich.
James: Seitdem du in ihre Augen gesehen hast?
Ossip: Wie, bitte?
James: Du kannst meinen Gürtel haben ... Und die Melone.
Ossip: Gehst du ins Wasser?
James: Ich denke.
Ossip: Hoffentlich unbeobachtet.
James: Wenn du stromabwärts gehst – kann sein, ich treibe an dir vorbei ... Ich überhol dich.
Ossip: Es kommt auf die Strömung an.
James: Eben.
Ossip: Warum machst du die Fackel fertig?
James: Kann sein, das Schiff kommt ... Unser Schiff.
Ossip: Ach, ja.
James: Wären wir gerettet, wenn das Schiff käme?
Ossip: Ja, ich glaube ... Aber ich muß fort.
James: Gleich?
Ossip: Morgen früh, bei Sonnenaufgang.
James: Ich werde dich wecken.

OSSIP: Behutsam?
JAMES: Ich werde dich behutsam wecken ... *Pause*
OSSIP: Es ist spät, James ... Ich leg mich hin. *Er tut es.*
JAMES: Nimm meine Jacke.
OSSIP: Und du?
JAMES: Ich werde Kreise ziehen ... die Fackel hochhalten ... zur Zerstreuung.
OSSIP: Wenn ich träume –
JAMES: Ja?
OSSIP: – wenn ich laut träume –
JAMES: Soll ich es aufschreiben?
OSSIP: Du mußt jedes Wort vergessen ... Du mußt alles vergessen.
JAMES: Ich soll dich an nichts erinnern?
OSSIP: Vielleicht an das Schiff, James ... an unser Schiff.
JAMES: Möchtest du, daß ich dich jetzt in Ruhe lasse?
OSSIP: Laß mich in Ruhe, ja.
JAMES: Und wenn jemand kommt, der die Zeichen der Zeit versteht?
OSSIP: Die Zeichen der Zeit?
JAMES: Es wäre möglich. *Pause*
OSSIP: Sag ihm, ich bin tot.
JAMES: Ich sag ihm, du bist nicht zu sprechen.
OSSIP: Deck mich zu.
JAMES: Ich sag ihm, du bist tot und nicht zu sprechen.
OSSIP: Mich friert.
JAMES: Ich deck dich zu, Ossip. *Er tut es.*
1. STIMME: – sagt Herr James mit seufzender Stimme, und der Oberbeleuchter schickt auf Stichwort eine mausgraue Nacht auf die Szene ... In der Mitte dieser Nacht, in seiner kleinen, privaten Finsternis, schläft Herr Ossip, von seinem Freund zugedeckt wie ein trauriger Kanarienvogel, der dem Mißerfolg seiner Lieder nachsinnt ... Pst ... Noch klatscht niemand ... Vielleicht –
2. STIMME: – vor Ergriffenheit, vielleicht aber auch in der Meinung, daß die wundgeschlagene Hoffnung der Herren James und Ossip doch noch zu einem Ziel führt ... Die lebenserfahrenen Insassen des Zuchthauses von Isenbüttel sitzen akkurat in der reglosen Betroffenheit da, die Herr Niederböck, der Leiter der nördlichsten Landesbühne und ihr namhaftester Regisseur, für dieses Stück genau kalkuliert hat ...

Wenn sie das Ende bemerkt haben, werden sie klatschen und in Begeisterung ertrinken ... Doch in diesem einzigartigen Augenblick –

1. STIMME: – zwischen Erkennen und Begreifen ... bevor der Beifall einsetzt ... bevor die tobsüchtigen Trillerpfeifen der Aufseher die Szene zurückverwandeln ...

2. STIMME: – in diesem Augenblick, bevor man ermessen hat, was hier wirklich geschah und –

1. STIMME: – bevor Herr Hans Egon Bessel, der Direktor des Zuchthauses, der Truppe in zerstreutem Enthusiasmus anbieten wird, Ehren-Insassen von Isenbüttel zu werden ...

2. STIMME: – in diesem Augenblick berechtigten Schwankens und heilsamer Ratlosigkeit –

1. STIMME: – mißtrauisch gegen jedes Ende und überzeugt, daß jede Geschichte weitergeht –

2. STIMME: – möchten wir zur besseren Orientierung und noch einmal den Titel des Stückes nennen ... Es hieß:

1. UND 2. STIMME: Die Enttäuschung.

Das Labyrinth

Personen:

Elfi, *pensionierte Studienrätin*
Trudi, *pensionierte Studienrätin; ihre Schwester*
Artus, *beider Stiefbruder*
Marlies, *ihre Tante*
Polizist
1. Frauenstimme
2. Frauenstimme
3. Frauenstimme
4. Frauenstimme
Ein Mann
Burkhardt Knopf, *ein Meteorologe*
Ingrid Armbrust
Frau Zesch-Zillius
1. Polizist
2. Polizist

Auf der Terrasse im Freien. Gelegentliche Geräusche von der Elbe her: Niethämmer, Rufe der Sirenen. Elfi *und* Trudi, *zwei pensionierte Studienrätinnen, ihr Stiefbruder* Artus.

Artus, *servierend*: Marmelade oder Honig, Elfi?

Elfi: Honig, bitte.

Artus: Marmelade oder Honig, Trudi?

Trudi: Honig, bitte.

Elfi: Und Kakao.

Trudi: Ich auch Kakao . . . wie Elfi.

Es wird serviert.

Elfi: Hat Frau Vogel ihren Mann gefunden?

Artus: Kaum . . . Sie heulte wie eine dänische Dogge.

Elfi: Sei etwas wählerischer in deinen Vergleichen, Artus.

Trudi: Her Vogel war der tüchtigste Gärtner, den wir hatten.

Artus: Ich hab ihr bei der Suche geholfen . . . zuerst im Garten, dann im Haus . . . Wie zu erwarten war: nichts – keine Spur von Herrn Vogel . . . Wie – wie kam sie überhaupt darauf, ihn bei uns zu suchen?

Elfi: Herr Vogel ist von der Arbeit nicht nach Hause gekommen . . . Sein Arbeitsplatz war hier.

TRUDI: Das erinnert mich ...

ELFI, *energisch*: Schweig, Trudi.

TRUDI: Burkhardt war Meteorologe ... Er wollte nur nach dem Regen sehn ... Hier, auf der Terrasse ...

ELFI: Ich sagte: schweig, Trudi ... *Trinkt* Der Kakao ist auch nicht mehr, was er war.

ARTUS: Nach allem, was man hört, hat er sechs Kinder ...

ELFI: Bei seinen Manieren hätte sich die Zahl bestimmt verdoppelt.

TRUDI: Aber als Gärtner, da konnte man ihn bewundern, nicht wahr, Elfi?

ELFI: Die arme Frau. Auf dieser Welt ist nichts so angebracht wie Mitleid mit den Frauen.

ARTUS: Sie wollte sich an die Polizei wenden, sagte sie.

TRUDI: Als Burkhardt abhanden kam ...

ELFI: Schweig, Trudi. Wie oft soll ich dir das Wort verbieten. Die Polizei ... *Lacht geringschätzig.*

ARTUS: Vielleicht möchte er wiederkommen – und kann nicht. Wie ich damals ... Ich wollte nur einen Spaziergang machen am Fluß ... zwei Männer – zwei Unbekannte mit gelber Krawatte grüßten mich ... Ich glaube, ich konnte ihren Gruß gerade noch erwidern ... Als ich erwachte, lag ich in einem alten Bootshaus ... mit den Füßen im Wasser ... Nackt, splitternackt, und meine Füße im Wasser ... An meinem Kopf klebten Glasscherben ... Sie hatten mich gefesselt, und das Wasser stieg in dem alten Bootshaus ... Warum, ich meine ...

ELFI: Du meinst, warum nicht auch Herr Vogel in so einem Bootshaus liegen könnte?

ARTUS: So ungefähr.

ELFI: Ausgeschlossen, Artus ... Gewisse Erlebnisse sind nur gewissen Leuten vorbehalten ... Herrn Vogel wird nie widerfahren, was dir widerfahren ist ... Er hat immerhin sechs Kinder –

TRUDI, *mit redlicher Ahnungslosigkeit*: Vielleicht stöbert die Polizei auch Herrn Vogel auf. Dann bringt sie ihn eines Tages sicher zurück.

ELFI: Eines Tages wird eine Postkarte kommen ... Aus Frankreich oder aus der Schweiz ... Auf der Postkarte: Rosenfelder im Wind ... Es ist furchtbar, Trudi, aber wir müssen es uns eingestehen: dies ist eine Männerwelt.

TRUDI: Ein Honigbrot, bitte.

ELFI: Überleg dir, wenn wir uns herausnehmen wollten, was sie sich herausnehmen – wie diese Welt dann aussähe.

Klingeln

ELFI: Es hat geklingelt, Artus ... Vielleicht bemühst du dich und siehst nach, wer es ist.

ARTUS: Ja, ich sehe nach.

TRUDI, *erbötig*: Darf ich dir noch Kakao geben, meine Liebe?

ELFI: Ich will keinen Kakao ... Ich hasse Kakao.

TRUDI, *irritiert*: Aber wir trinken ihn doch, Elfi – jeden Tag.

ELFI: Daran kannst du sehen, wie gleichgültig ich geworden bin.

TRUDI, *dienstbar*: Schottischen oder irischen?

ELFI: Schottischen oder irischen, was?

TRUDI: Whisky, natürlich.

ELFI: Selbstverständlich schottischen.

Gläser werden gefüllt.

ARTUS: Es ist die Polizei.

ELFI: Drück dich bitte etwas korrekter aus, Artus ... Dazu bist du verpflichtet – als Stiefbruder zweier Deutschlehrerinnen ...

ARTUS: Pensionierter, um es ganz genau zu sagen ... Also, von mir aus: Draußen steht ein einzelner Polizist, der möchte etwas fragen ... Sind wir zu sprechen für ihn?

ELFI: Führ den Herrn herein. *Pause* Oh, Trudi, wir können nicht zusehen ... und wir können es auch nicht zulassen ...

TRUDI: Was? Was meinst du?

ELFI, *hinter ihrem genauen Haß vermutet man eine unvergessene Enttäuschung*: Wie sie der Welt ihren Stempel aufdrücken ... Wie sie sie zeichnen mit ihrem Wesen ... Überall, wohin du siehst, findest du die Spuren ihrer Rücksichtslosigkeit ... Ihr Egoismus – bis zum Rand der Welt reicht ihr Egoismus ... Sie tragen spitze Schuhe und Jacken aus Schlangenhaut ... Sie schamponieren ihr Haar ... mit einem Expander trainieren sie ihre Muskeln – sie ölen sogar ihre Muskeln ... Sie führen sich ein mit ihren Bügelfalten und ihrem Duft nach Rasierwasser, und man glaubt ihnen ... Aber dann –

POLIZIST, *näherkommend*: Guten Tag, meine Damen.

TRUDI: Guten Tag.

ELFI: Guten Tag. Bitte?

POLIZIST: Entschuldigen Sie, meine Damen, ich brauche nur einige Auskünfte.

ELFI: Ich vermute, daß es sich um Herrn Vogel handelt.

POLIZIST: . . . Einige Aussagen, die ich überprüfen muß. Er war Ihr Gärtner?
ELFI: Zwei Tage in der Woche . . . Wie wir erfuhren, hat er das Weite gesucht.
POLIZIST: Seine Frau hat ihn als vermißt gemeldet.
ELFI: Liegt darin ein Widerspruch?
POLIZIST: Er wurde zuletzt auf Ihrem Grundstück gesehen . . . *Lesend* Vor fünf Monaten ist ein kleiner Junge entlaufen . . . *Stockt*
ELFI: Wie ich der Zeitung entnehme, tun kleine Jungen das täglich . . .
POLIZIST: Er wurde, auf der Suche nach seinem Ball, zuletzt auf Ihrem Grundstück gesehen . . . Dann – hier – ein Neufundländer wurde als vermißt gemeldet . . . Nachbarn sahen ihn zuletzt auf Ihrem Grundstück.
ELFI: Und? Was wollen Sie damit sagen? Hör genau zu, Trudi!
TRUDI: Ich höre genau zu.
POLIZIST: Desgleichen fehlt von einem Betrunkenen, der seinen Rausch unter Ihrer Weißdornhecke ausschlief, jede Spur . . .
ELFI: Offenbar verdächtigen Sie uns, hier eine Art gemischten Friedhof zu unterhalten . . .
TRUDI, *zitternder Protest*: Diesen Eindruck muß man schon bekommen.
POLIZIST: Ich möchte nur wissen, ob Sie selbst etwas dazu zu sagen haben.
ELFI: Wozu?
POLIZIST: . . . daß Leute, die man später als vermißt gemeldet hat, zuletzt auf Ihrem Grundstück gesehen wurden.
ELFI: Ich verbitte mir solche Fragen . . . und meine Schwester verbittet sie sich auch, nicht wahr, Trudi?
TRUDI: Selbstverständlich – mit aller Entschiedenheit.
POLIZIST, *steht auf*: Beruhigen Sie sich, meine Damen . . . Es handelt sich doch nur um Auskünfte.

Pause

POLIZIST: Reicht Ihr Grundstück bis zum Flußweg da unten?
ELFI: In besseren Zeiten reichte es bis zur Elbe . . .
TRUDI: Wir haben ein Stück abgetreten . . . der Öffentlichkeit.
ELFI: . . . den Witwen und Waisen, die da in der Dämmerung ihr Unwesen treiben.
POLIZIST: Hübschen Blick haben Sie von hier auf den Fluß, auf die Wetterstation.

TRUDI: Die Meteorologie –
ELFI, *berufend*: Bitte, Trudi . . .
POLIZIST: Und dieser Schuppen?
ELFI: Welcher Schuppen?
POLIZIST: Die Ruine da – oder was es ist.
TRUDI: Er meint das Labyrinth, Elfi.
POLIZIST: Diese fünfeckige Ruine . . .
ELFI: Es ist ein Labyrinth . . . ein kleines Gartenlabyrinth . . .
POLIZIST: Ein seltsames Bauwerk. Es wirkt so ausländisch.
ELFI: Vater erhielt es als Geschenk aus Persien.
TRUDI: Von Monsieur Omar i Chayyam . . . Aus seinen Gärten stammt es . . . Sie waren nicht nur Geschäftspartner . . . Sie waren auch Blutsbrüder, Vater und Monsieur Chayyam.
POLIZIST: Und wozu dient das? . . . Wozu dient das Ding?
TRUDI, *sachlich*: Zur Verwirrung, junger Mann . . . Zur Verwirrung der Sinne . . . zumindest eines Sinns.
ELFI: Man verirrt sich – um die Freude des Wiederfindens zu genießen.
POLIZIST: Verirren? In dieser Streichholzschachtel? . . . Das Ding ist doch nicht größer als ein Gartenhäuschen.
ELFI: Wenn es sein soll, kann man sich auf einem Suppenteller verirren.
TRUDI, *lachend*: Auf einer Untertasse, junger Mann . . .
ELFI: Sie zweifeln?
POLIZIST: Ich versuche mir vorzustellen, wie man da verschütt gehen kann.
ELFI: Es ist natürlich eine eingebildete Verirrung.
POLIZIST: So.
ELFI: . . . und ein eingebildetes Wiederfinden . . . Aber das kann viel köstlicher und intensiver sein als die Wirklichkeit.
POLIZIST: Waren Sie schon einmal drin, in diesem Irrgarten?
ELFI: Papa hatte es uns ausdrücklich verboten.
TRUDI: Und daran haben wir uns gehalten, junger Mann, bis heute.
POLIZIST: Darf ich mir das mal ansehn?
ELFI: Wenn Sie keinen Wert auf unsere Begleitung legen – . . . und geben Sie acht auf die frischen Beete . . .
POLIZIST: Ich habe selbst ein Gärtchen . . . Entschuldigen Sie.
Musik
Garten
TRUDI: Wo ist denn der junge Mann von der Polizei?
ARTUS: Im Labyrinth.

TRUDI: Verabschiedet hat er sich doch noch nicht?

ARTUS: Er wollte es untersuchen.

TRUDI: Aber doch nicht solange ... Ich frag' mich, was er dort treibt ...

ARTUS: Soll ich ihn rufen?

TRUDI: Was meinst du, Elfi?

ELFI: Kommt ... warum sollen wir nicht einmal die Polizei überraschen. *Aufbruch* Leise, leise, Artus ... wir haben Zeit ...

ARTUS: Hier sind seine Schritte ... sie führen direkt darauf zu.

TRUDI: Sie führen hinein ... *Pause* Und jetzt, Elfi? ... Sollen wir warten? Du bestimmst, was getan werden soll ... Du sollst mit uns zufrieden sein.

ARTUS: Hört ihr was?

TRUDI: Vielleicht ist er gestürzt ... Ob er ohnmächtig geworden ist?

ELFI: Solchen Leuten fehlt die Sensibilität, um ohnmächtig zu werden.

ARTUS: Ob er etwas entdeckt hat?

ELFI: Was – was sollte er entdecken?

ARTUS: Du warst nie drin.

TRUDI: Hat da nicht jemand gestöhnt?

ELFI: Ich kenne den Grundriß ... Das genügt ... Außerdem hat Papa uns verboten –

ARTUS: Wie mag es darin aussehen? ... Im Innern des Labyrinths?

ARTUS: Ich ruf mal ... *Ruft* Halloh! Hören Sie mich? *Pause* Herr Wachtmeister! Hallo? *Pause* Soll ich es mit Klopfzeichen versuchen?

ELFI: Warum gehst du nicht einfach hinein und siehst nach?

ARTUS: Ich?

ELFI: Zehn Schritte – in einer Minute kannst du dich überzeugen.

ARTUS: Ich wollte es schon immer einmal ...

ELFI: Dann trifft es sich ja ausgezeichnet. *Pause*

ARTUS: Warum meldet er sich nicht? *Ruft* Hallo! Herr Wachtmeister? *Pause* Ich werde es mal mit Klopfzeichen versuchen. *Er klopft mit der flachen Hand.*

ELFI, *rügend*: Laß die Spielerei ... Anscheinend ist er tatsächlich fort ... ohne sich verabschiedet zu haben ...

ARTUS: Er kann nicht fort sein, Elfi ... Seine Spur führt hinein ... Eine einzige Spur.

ELFI: Dann geh und überzeug dich, was er da drin macht.

ARTUS: Und – wenn ich mich verirre?

ELFI: Früher war das der Anfang eines Abenteuers ...

ARTUS: ... und nicht mehr zurückfinde?

ELFI: Es wäre nicht sehr höflich. Du würdest uns zwingen, einen Ersatz für dich zu suchen ... Doch Trudi beginnt zu frösteln. Bitte, sieh nach, wo der Herr von der Polizei bleibt.

ARTUS: Also ich muß sagen: mir ist nicht ganz wohl auf einmal ... *Gibt Klopfzeichen und ruft gleichzeitig* Hallo! Hören Sie uns denn nicht? Wir warten auf Sie! Hallo! *Pause*

ELFI: Du fürchtest dich doch nicht, Artus?

ARTUS: Hundertmal bin ich an diesem Ding vorbeigegangen ... Immer war es mir gleichgültig ... Blind, ich war einfach blind für diesen komischen Irrgarten ... Und jetzt ...

ELFI: Wenn dir etwas zustößt: du läßt zwei Schwestern zurück ... Wir aber verlieren den einzigen Bruder.

ARTUS: Sind wir eigentlich verpflichtet?

ELFI: Wozu?

ARTUS: Dort hineinzugehen ... zu suchen ...

ELFI, *ungeduldig*: Bitte, Artus ... Trudi fröstelt und da wir uns an Papas Verbot halten müssen, wirst du jetzt dort drin nach dem Rechten sehn ... Erinnere dich, was du uns schuldig bist.

ARTUS: Ich? Ich schulde euch nicht mehr als ihr mir schuldet.

ELFI: Hör genau zu, Trudi. Unser Bruder scheint sein Gedächtnis einzubüßen.

TRUDI: Ich merke es, Elfi. Ich höre es.

ARTUS: Was habt ihr denn groß für mich getan? Nach dem Unfall im Bootshaus, da habt ihr mich zu euch genommen ... als Diener.

ELFI: Und wer hat dich liebevoll gefesselt, bevor die ›Anfälle‹ einsetzten? Wer hat verhindert, daß du dich Männern mit gelber Krawatte in den Weg geworfen hast? Wer hat dich vor dem Äußersten bewahrt?

ARTUS: Es ist wirklich nichts zu hören da drin.

TRUDI: Geh, Artus, bring uns Gewißheit.

ARTUS: Und wenn sich nichts anfangen läßt mit der Gewißheit?

ELFI: Das ist möglich ... Willst du meine Jacke, Trudi?

ARTUS: Ihr habt mich gezwungen ... ich wollte nicht ... *Leiser* Ihr habt mich gezwungen dazu ... Wenn mir etwas zustößt – euch wird man ... *Pause*

TRUDI: Sollen wir nicht warten, Elfi?
ELFI: Auf der Terrasse ist es wärmer.
TRUDI: Und wenn er etwas entdeckt? Still!
ELFI: Es wird an uns sein, die Entdeckung auszuwerten. *Im Gehen* Außerdem glaube ich, daß es hier nichts zu entdecken gibt ... Man weiß zwar nie, mit welchem Vater man sich eingelassen hat ... aber kannst du dir denken, daß Papa etwas Besonderes vorhatte mit diesem Labyrinth?
TRUDI: Nicht Papa ... Aber vielleicht Monsieur Chayyam ... Persien ist anders ... vielleicht ließ er das Labyrinth für ausgesuchte Feinde bauen ... Ich habe gelesen, daß man in Persien verpflichtet ist, seinen Feinden ein unterhaltsames Ende zu bereiten.
ELFI: Ich habe den Eindruck, daß ich mich künftig auch um deine Lektüre kümmern muß.
TRUDI: Aber ist das alles nicht sonderbar?
ELFI: Es gibt Leute, die glauben, alles schonen zu müssen: sogar ihren Verstand ... Bitte, Trudi, schenk uns noch etwas ein ...
TRUDI, *erregt*: Dort kommt Artus!
ELFI: Wo?
TRUDI: Es sah so aus, hinter den Büschen ... Ich muß mich getäuscht haben.
ELFI: Artus werden wir nie loswerden ... Sei ganz ruhig.
TRUDI: Entschuldige, ich muß immer dort hinübersehen ... Ich stelle mir vor, daß auch er –
ELFI: Was?
TRUDI: Er müßte schon hier sein ... Bei seiner Furcht vor geschlossenen Räumen ... Er müßte längst draußen sein, Elfi.
ELFI: Ruhig, Trudi, ganz ruhig ...
TRUDI: Aber Tante Marlies hat sich für heute zum Abendbrot angesagt.
ELFI: Endlich mal was Erfreuliches.
TRUDI: Dann müssen wir an Rum denken. Haben wir noch Rum?
ELFI: Eine Dreiviertelflasche.
TRUDI: Seit einem Jahr hört Tante Marlies die Stimme auch ohne Rum ... Sie hört jetzt mehrere Stimmen ... Dazu ein Geräusch ... wo sie geht und steht, sagt sie, hört sie schwere Brecher gegen eine Mole schlagen ...
ELFI: Solange sie nicht naß wird, geht's ja.
TRUDI: Das heißt wohl, daß sie taub wird allmählich. Sie sagt,

Felicitas ist wieder da. *Ratlos* Sie – sie will sie mitbringen heute abend.

ELFI: Sagte sie das wirklich?

TRUDI: Ohne Felicitas traut sie sich nicht mehr aus dem Haus.

ELFI: Dann berücksichtige eben ihren Wunsch.

TRUDI: Aber Felicitas ist tot . . . seit dreißig Jahren tot.

ELFI: Hindert dich das, ein zusätzliches Gedeck aufzulegen?

TRUDI, *ratlos*: Auch ein extra Schnitzel?

ELFI: Kein extra Schnitzel natürlich. Aber das Schnitzel für Tante Marlies mußt du jetzt besorgen.

TRUDI: Und wenn Artus ruft? –

ELFI: Ich werde ihm antworten . . . Schließlich – wir können ihn doch nicht entbehren. *Musik*

Ende des Abendessens; Elfi, Trudi, Tante Marlies.

ELFI: Sieh nur, wie er nickt – auch der Schatten der Reiherfedern nickt an der Wand . . . ein imponierender Hut, Tante Marlies . . . ein begeisternder Hut.

MARLIES: In der Straßenbahn – dieser Lümmel von Schaffner verlangte von mir, den Hut abzusetzen. Angeblich wollte er den ganzen Wagen im Auge behalten können . . .

ELFI: Du hast ihn doch hoffentlich nicht abgesetzt . . .

MARLIES, *verächtlich*: Ich? An der Post bin ich ausgestiegen . . . Ich habe sofort an die Behörde für Verkehr geschrieben . . . die sollen gefälligst die Straßenbahnwagen verbreitern . . . Salat?

ELFI: Trudi, bitte reich Tante Marlies den Salat.

TRUDI, *sie tut es*: Bitte, Tante Marlies.

MARLIES: Danke, mein Kind . . . Ich glaube, Felicitas nimmt nichts mehr . . . Sie war genauso empört über diesen jugendlichen Schaffner . . . ungekämmt . . . rosa Pickel mit winzigen Eiterköpfen . . . kariöse Zähne . . . trotzdem einen Verlobungsring am Finger . . .

ELFI: Ist sie müde?

MARLIES: Sie hat vollkommen recht: sie sagt: Liebe ist eine Falle . . . Jeder kann für jeden eine Falle sein . . . Aber was sich in dieser Falle abspielt, das geht nie über einen Unterhaltungsroman hinaus.

ELFI, *rügend*: Horch nicht immer nach draußen, Trudi.

MARLIES: Du siehst mitgenommen aus, mein liebes Kind . . . Schwindelgefühle?

ELFI: Ich fürchte, Trudi hofft immer noch auf die Rückkehr von Artus.

MARLIES: Das gibt sich. Das verliert sich.

ELFI: So wie sie dasitzt: mir scheint, sie trauert sogar um ihn.

MARLIES: Tust du das, Trudi? Trauer ist etwas sehr Kostbares ... Man soll sie nicht bei jeder Gelegenheit anlegen. Auf keinen Fall, wenn so ein muskulöses Scheusal abhanden kommt ... Ein Mann weniger: das heißt: eine Falle weniger für eine erbarmungswürdige Frau ... Früher, als meine Augen noch besser waren, schrieb ich jeder Frau, die ihren Mann für vermißt erklären ließ, einen Gratulationsbrief.

ELFI, *streng*: Hörst du, was Tante Marlies sagt?

TRUDI: Ja, Elfi.

ELFI: Nimmst du es dir auch zu Herzen?

MARLIES: Ich denke, wir haben alles Nötige besprochen.

Beendet das Essen.

TRUDI, *schüchtern*: Ich stelle mir nur vor – ich muß mir immer vorstellen ... Ob sie tot sind? Sie können doch nicht nur herumirren ... etwas muß mit ihnen geschehen sein im Labyrinth ... sonst hätten sie auf die Rufe geantwortet ... sie hätten sich gemeldet.

MARLIES: Natürlich ist etwas mit ihnen geschehen ... Ich hoffe es sogar ... Was mit ihnen geschehen ist, das braucht nicht unsere Sorge zu sein ... Ich finde sie sogar reizvoll, diese Ungewißheit ... Du brauchst deine Phantasie nicht mit dem Ärgsten zu belasten ... Denk, sie sind verschwunden – und nichts weiter ... Abhandengekommen in einem Labyrinth.

ELFI: Wenn man dich fragt, kannst du achselzuckend sagen: vielleicht hat er sich verirrt ... und damit sagst du durchaus die Wahrheit.

TRUDI: Ob sie leiden müssen, vorher?

MARLIES: Hast du etwas dagegen? Nach allem Leid, das sie über uns gebracht haben?

TRUDI: Aber irgendwo müssen sie doch bleiben.

MARLIES: Felicitas meint: eine Tat fällt leichter, wenn man nicht gezwungen wird, die Folgen der Tat zu betrachten.

TRUDI: Artus – er war ein so anstelliger Bruder.

MARLIES: Mein liebes Kind, mich schaudert, wenn ich daran denke, daß ich aus seiner Rippe genommen bin ... oder aus der Rippe seines Vorläufers ... ich kann das einfach nicht glauben ... Und wenn ich Onkel Reimund beerbe, werde ich das ganze Vermögen für eine Preisschrift aussetzen, in der mit dieser Legende aufgeräumt wird. Was immer du für deinen Bruder vorbringen magst: vergiß nicht, daß er ein Mann war.

ELFI: Darf Felicitas einen Rum trinken, Tante Marlies?

MARLIES: Ausnahmsweise. *Es wird eingeschenkt.*

TRUDI, *mit schwächlichem Protest*: Nein, wir können das nicht tun, wir dürfen das nicht tun ... Melden – wir müssen melden, was wir entdeckt haben ... Welch ein Labyrinth hier steht ... Es könnte doch auch andern Unglück bringen – unschuldigen Leuten. Ich habe Angst, Elfi –

MARLIES: Es ist alles besprochen ... Eine große Gelegenheit, um das Leiden in der Welt zu verringern. Das Labyrinth wird uns helfen – Mit Hilfe des Labyrinths werden wir für Erlösung sorgen – für viele kleine Erlösungen ... Uns wurde ein Zeichen gegeben, wir müssen es erkennen.

ELFI: Sprich deutlicher, Tante Marlies.

MARLIES: Allen, die wehrlos unter ihren Männern leiden ... Die Zeit des demütigen Leidens wird ein Ende nehmen ... Die Zeit der Kränkungen und stummen Unterwerfungen ... Die Zeit der heimlichen Tränen ... Wir haben es in der Hand, Hamburg – oder doch einige Stadtteile Hamburgs – wieder glücklich zu machen ...

ELFI: Mit Hilfe des Labyrinths?

MARLIES: Mit Hilfe des Labyrinths!

TRUDI: Tut es nicht ... Ich weiß nicht, was du vorhast, Tante Marlies, aber tut es nicht.

MARLIES: Manchmal braucht auch das Glück seine Soldaten – das Glück vieler Frauen ... *Trinkt*

ELFI: Was willst du tun?

MARLIES: Einen Feldzug eröffnen. Einen Feldzug gegen das Unglück. *Entflammt* Wir werden sie einladen ... Alle Frauen, die unter Männern gelitten haben oder immer noch leiden –: wir werden sie einladen ... wir werden uns ihre Leiden schildern lassen. Wir werden sie gewissenhaft taxieren ... Wenn sie schwer genug sind, die Leiden, werden wir den armen Frauen einen Vertrag anbieten ...

ELFI, *mit ungeduldiger Freude*: ... worin wir uns verpflichten, den Urheber der Leiden abhanden kommen zu lassen: meinst du das, Tante Marlies?

MARLIES: Auf reinliche, auf prompte und spielerische Art: abhanden ... Ja, das meine ich ... *Pause*

ELFI: Hast du an Gebühren gedacht?

MARLIES: An eine Anerkennungsgebühr.

ELFI: Damit sind freiwillige Zuwendungen nicht ausgeschlossen ...

MARLIES: Keineswegs ... auch gegen eventuelle Schenkungen brauchen wir uns nicht zu sperren. Gute Arbeit verlangt ihren Preis.

ELFI: Auch psychologisch ist es ratsam, Gebühren zu erheben.

MARLIES: Wir werden darauf angewiesen sein, mein liebes Kind ... Wenn das Leiden geprüft ist, der Vertrag unterschrieben – dann geben wir einen Empfang ... Beide – beide Teile werden eingeladen ... Sie können sich noch einmal auf neutralem Boden begegnen – zu gegebener Zeit schlendern wir durch den Garten, geraten dabei in die Nähe des Labyrinths, und dort geschieht es: dort findet der Abschied statt ... *Pause* Felicitas meint, wir werden Archivräume mieten müssen – für all die Dankschreiben.

ELFI: Mundpropaganda?

MARLIES: Ich dachte an Annoncen in den Hamburger Zeitungen. Wir nennen uns Beratungsstelle ... Beratungsstelle für unschuldig leidende Frauen ... Als Wahlspruch schlage ich vor: Siebet eure Männer ... Oder: Wirf hin die Last des Lebens.

ELFI: Du kannst dich auf uns verlassen, Tante Marlies ... Wir werden dir helfen, für Gerechtigkeit zu sorgen ... Es gibt so viele, die von Trennung träumen – sie wissen nur nicht, wie man sie vollziehen kann ...

MARLIES: Gib zu, Trudi, du fühlst dich nicht wohl.

TRUDI: Bitte – bitte, tut es nicht.

MARLIES: ... und dir haben wir eine besonders schöne Aufgabe zugedacht ... Wenn es in den Garten geht – du, liebe Trudi, wirst die Führung übernehmen ... Plaudernd, stell ich mir vor, wirst du die Verurteilten an das Labyrinth heranführen ... Ein Zögern, eine anmutige Verlegenheit: du wirst sie bitten, deinen Seidenschal zurückzuholen, den ein Wind ins Labyrinth geweht hat ... Danach brauchst du nur den Namen abzuhaken ...

TRUDI, *zaghaft*: Bitte – mit mir dürft ihr nicht rechnen.

MARLIES: Fürchtest du dich?

TRUDI: Ich kann es nicht.

ELFI, *streng*: Soll ich dir sagen, warum du es nicht kannst?

MARLIES: Der Magen?

ELFI: Die Erinnerung. Es liegt mindestens zwanzig Jahre zurück, und sie kommt nicht davon los ... Erzähl doch Tante

Marlies, was es ist, das dich hindert ... Erzähl! Oder soll ich es erzählen?

TRUDI: Muß das sein, Elfi – bitte ...

ELFI: ... ein Meteorologe, Tante Marlies ... einer, der den Tau der Nacht in Zentimetern ausdrückt ... Burkhardt Knopf hieß er ... Seine spezielle Liebe galt den Zirrus-Wolken und dem Monsun-Regen ...

TRUDI: Hör auf, Elfi ... Ich flehe dich an, hör auf.

ELFI, *bitter*: Sie waren nicht mehr die Jüngsten, als sie sich kennenlernten ... Es war ein Schulfest, nicht wahr, Trudi ... Ein Schulfest, an dem auch die Ehemaligen teilnahmen ... Jedenfalls, ihr beide wart schon hübsch über die Vierzig ... *Trudi beginnt leise zu schluchzen.*

MARLIES: Und wie ist Trudi zur Vernunft gekommen?

ELFI, *grimmig*: ... Du hättest das miterleben müssen, Tante Marlies ... Beide über Vierzig, und beim Abendessen – sie fütterten einander beim Essen, während ich dabeisaß ... Und wenn sie sich nicht fütterten, massierten sie sich gegenseitig die Finger ... Vom Augenblick an, wo sie sich an der Tür begrüßten, ließen sie sich praktisch nicht mehr los ... Beide weit über Vierzig ... Und die Sprache, die sie erfanden ... entwürdigend! Sie redeten nur noch in einer albernen Kälbersprache, selbst vor fremden Leuten ... Statt ›K‹ gebrauchten sie ›T‹ ... Tomm in den Teller, und so weiter ... Offenbar merkten sie nicht, wie sehr sie ihre Würde aufgaben ... Es war einfach unerträglich, das alles mitzuerleben.

MARLIES: Ich kann mir vorstellen, was du durchgemacht hast.

ELFI: Dann – an einem Sommertag – es war ein achter Juli, und er war gerade gegangen, da überraschte Trudi mich mit der Nachricht, daß sie heiraten wollten ... Sie war noch ganz aufgelöst ...

TRUDI: Nicht weiter, Elfi ... Ich verspreche alles, was du verlangst ... aber nicht weiter –

ELFI: Alles – alles muß erzählt werden. Nur Klarheit kann dir Heilung bringen.

MARLIES: Das trifft leider zu, mein liebes Kind.

ELFI: ... Am nächsten Morgen blieb Trudi im Bett ... Sie bat mich, den Arzt zu rufen.

MARLIES: Na bitte, das hat man davon.

ELFI: Sie glaubte, sie bekäme ein Kind.

MARLIES: Ein Kind?

ELFI: Von der Umarmung ... Am Abend vorher hatte der Meteorologe sie umarmt, und am nächsten Morgen glaubte Trudi, sie müßte ein Kind bekommen ... innerhalb von vierundzwanzig Stunden ...

MARLIES: Und dieser Mensch? Wie konntet ihr euch befreien von ihm?

ELFI: Am nächsten Abend, – wir hatten zusammen gegessen...

TRUDI, *mit altem Mißtrauen*: Ihr hattet zusammen gegessen ... Ich kam später von einer Elternversammlung.

ELFI: ... plötzlich stand er auf und ging auf die Terrasse ... Er wollte nur nach dem Regen sehn ... Seitdem haben wir nichts mehr von ihm gehört ... Nichts ...

TRUDI, *traurig*: Warum hast du das erzählt, Elfi? Warum?

ELFI: Damit du endlich merkst, wieviel alles wert war ... Damit du aufwachst.

MARLIES: Du siehst hoffentlich ein, vor welchem Unglück Elfi dich bewahrt hat.

TRUDI: Er wäre nicht so fortgegangen, nicht Burkhardt.

ELFI: Sie bildet sich ein, daß etwas geschehen ist, etwas Unerwartetes.

TRUDI: Er hätte sich zumindest verabschiedet.

ELFI, *streng*: Wann nimmst du endlich Vernunft an, Trudi?

MARLIES: Sei nicht so streng zu ihr.

MARLIES: Denk an Felicitas.

ELFI: Trudi weiß, was geschehen ist ... daß Felicitas sich einfach in das brodelnde Heckwasser fallen ließ ... im Morgengrauen ...

MARLIES: Aber den Grund? Kennst du auch den Grund? Du mußt dir vorstellen: Felicitas ist mit einem Kaufmann verheiratet, einem angesehenen Weizenkaufmann ... Der Zwillingsbruder ihres Mannes, ebenfalls ein angesehener Weizenkaufmann ...

Was tun die Unholde auf der Rückkehr von einer Fachkonferenz in Toronto? ... Mitten auf dem Atlantik? Sie trinken, natürlich ... und welch ein Plan entsteht dabei in den Köpfen der Weizenkaufleute? Zum Spaß – hört nur – zum Spaß beschließen sie, sich in ihren Kabinen zu irren ... Die Zwillingsbrüder möchten wissen, wie lange ihre armen Frauen brauchen, um den Irrtum zu entdecken ... Immerhin, Felicitas entdeckte den Irrtum im Morgengrauen ... nicht wahr, Felicitas? Du hast gehandelt, wie es alle getan hätten ..., nicht wahr, Felicitas?

TRUDI: Und die andere?

MARLIES: Zu spät, mein Kind ... Sie erfuhr es dreißig Jahre zu spät ... *Pause* Also, wir helfen nur denen, die sich selbst nicht helfen können. – Habt Ihr auch das Gefühl, daß es glückliche Tage werden?

ELFI: Ich weiß es.

MARLIES: Welch ein Geräusch ... die Wellen werden immer stärker ... immer höher ... sie schlagen gegen die Mole ...

ELFI: Trink noch etwas, Tante Marlies.

Musik

Tür. Großes Stimmengewirr. Tür. Stille.

MARLIES: Geht alles reibungslos, Trudi?

TRUDI, *erschöpft*: Wir haben vorübergehend geschlossen – wegen Überfüllung. Schrecklich ... jede scheint mit einem Unhold zu leben.

MARLIES: Jede lebt mit einem Unhold. Manche entdecken es nie. Es kommt darauf an, wann die Masken fallen.

ELFI, *voller Genugtuung*: Das hab ich mir oft gewünscht: eine Geißel zu sein ... hart und reinigend ... plötzlich dazwischenzufahren – so schmerzhaft wie die Klarheit ... endlich.

MARLIES: Können wir fortfahren?

ELFI: ... Die Karteikarten, Trudi!

TRUDI: Sind alle ausgefüllt, Elfi. Das Wichtigste ist aufgenommen.

ELFI, *setzt den Karteikasten auf den Tisch*: ... Armbrust ... Frau Ingrid Armbrust ... Beginnen wir mit ihr ... Und, bitte, Trudi: eine neue Klientin erst auf Klingelzeichen.

Schritte, Tür, Stimmengewirr.

TRUDI, *rufend*: Frau Armbrust? Frau Ingrid Armbrust? Wir lassen bitten.

Tür. Schritte. Stille.

MARLIES: Bitte, Frau Armbrust, nehmen Sie Platz.

ELFI: In diesem Sessel.

FRAU ARMBRUST: Danke. *Sie setzt sich.* Darf ich das Kopftuch aufbehalten?

ELFI: Selbstverständlich ... hier gibt es keinen Zwang.

FRAU ARMBRUST: Meine Haare nämlich ... *Bekümmert* Als Kind hatte ich lange Zöpfe – und so schwer ... bis zur Hüfte reichten sie ... In meiner Schulklasse –

MARLIES: Haarausfall?

FRAU ARMBRUST: Seit zwei Jahren. Ich wag es kaum noch zu kämmen. *Schluchzt kurz.*

ELFI: Fassen Sie sich, liebe Frau Armbrust ... Wir sind da, um Ihnen zu helfen.

FRAU ARMBRUST: Ich habe alle Mittel ausprobiert ... es hilft nichts ... Aber das schlimmste –

MARLIES: Ihr Mann?

FRAU ARMBRUST: Die Kränkungen ... nicht einmal, daß er sich von mir abgewandt hat ... die Kränkungen sind es ... sein Spott ... Er braucht mich nur anzusehen, dann verzieht sich sein Gesicht ... er findet immer eine neue Kränkung ... Heute sagte er, ich gebe ihm das Gefühl, mit Yul Brunner im Bett zu liegen.

MARLIES: Yul Brunner?

FRAU ARMBRUST: Ein Schauspieler ... Aber kahl, oben ganz kahl ...

MARLIES: Ein tüchtiger Schauspieler zumindest?

ELFI: Ich vermute, daß er sich weigert, Sie zu begleiten.

FRAU ARMBRUST: Nicht einmal ins Kino. Obwohl es da dunkel ist ... Das geht so weit ... früher habe ich die Miete bei der Bank eingezahlt ... Jetzt tut er es. Sogar sein Bier holt er sich selbst, und das trinkt er im Zimmer unserer Untermieterin ... Am meisten kränkt mich –

ELFI: Sein Gelächter?

FRAU ARMBRUST: – sein Gesang ... Manchmal brauche ich nur in sein Zimmer zu treten, dann singt er schon los: ›Guter Mond, du gehst so stille ...‹ und so weiter.

ELFI: Eine Grausamkeit, die sich tarnt.

MARLIES: Acht Punkte, Elfi, – falls du einverstanden bist.

ELFI: Sind Sie über die Prozedur unterrichtet, Frau Armbrust?

FRAU ARMBRUST: Uns wurde alles gesagt, vorhin.

ELFI: Wir haben Ihrem Mann acht Punkte gegeben ... für bemerkenswerte Grausamkeit ... für Verachtung und Schamlosigkeit ... acht Punkte reichen aus. Falls Sie zur Trennung entschlossen sind und Ihren Mann uns überlassen wollen, bitte ich Sie, hier zu unterschreiben.

FRAU ARMBRUST: Es muß ihm ja nicht gleich das Schlimmste geschehen.

ELFI: Wir machen ihn zum Insassen eines Labyrinths ... Dort kann er nachdenken über die Grausamkeiten, die er an Ihnen begangen hat ... Nein, hier bitte ...

FRAU ARMBRUST, *unterschreibend*: Verdient hat er das nach allem.

MARLIES: Wir fühlen mit Ihnen.

ELFI: Sobald Sie die Gebühr überwiesen haben, hören Sie von

uns ... Nur ein wenig Ausdauer, liebe Frau Armbrust ... Noch ein wenig Mut: das Martyrium hat bald ein Ende. Wir schreiben Ihnen, wann und wie Sie Ihren Mann zu uns bringen ...

FRAU ARMBRUST: Er wird allein kommen wollen, das weiß ich schon.

ELFI: Wir sind auf alles eingerichtet ... *Geschäftsmäßig* Auf Wiedersehn!

FRAU ARMBRUST: Auf Wiedersehen ... Und vielen Dank.

Ab. Tür. Pause.

ELFI: Die Nächste, bitte.

Klingel im Nebenzimmer.

Wenn Trudi sich an die Reihenfolge hält –: dies müßte Frau Zesch-Zillius sein.

MARLIES: Offenbar geschieden.

Tür. Großes Stimmengewirr. Tür.

FRAU ZESCH-ZILLIUS: Es muß etwas geschehen. Bitte, helfen Sie mir.

ELFI: Nehmen Sie Platz, Frau Zesch-Zillius ... in diesem Sessel, bitte.

FRAU ZESCH-ZILLIUS: Darf ich rauchen? *Zündet sich eine Zigarette an.* Sie sind meine letzte Hoffnung ... *Sozusagen sprudelnd* Ich weiß nicht mehr, an wen ich mich in meiner Not wenden soll ... Zuerst zwang er mich, die alten Briefe zu verbrennen ... dann riß er die Bilder aus dem Album heraus ...

ELFI: Ich nehme an, Sie sprechen von Ihrem Mann.

FRAU ZESCH-ZILLIUS: Von Jasper Zillius. Das ist mein zweiter Mann: von ihm spreche ich, ja ... Niemand hätte seine Behandlung solange ertragen wie ich – niemand ... Er wußte, daß Gert bei einer Diplomatenjagd versehentlich ums Leben kam.

MARLIES: Gert?

FRAU ZESCH-ZILLIUS: Gert Zesch, mein erster Mann ... So ein Diplomat aus Mauretanien hielt ihn für einen Keiler, ja ... Ich mußte seine Briefe verbrennen ... seine Bilder wurden aus dem Album entfernt, – sogar die Bilder vom Begräbnis ... mein Mann –

ELFI: Herr Zillius?

FRAU ZESCH-ZILLIUS: Mein jetzt lebender Mann zwang mich, die Anzüge und Hemden von Gert wegzuschenken, desgleichen die Schuhe und seine Seifensammlung – er liebte Seifen über alles –. Ich mußte die Fotografien zerstören, die ihn mit dem Bundespräsidenten bei der Besichtigung eines Duschraums in Tamatave zeigten ... Er verbot mir alle Besuche auf dem Ohlsdorfer Friedhof ... Das Arbeitszimmer von Gert, das unberührt geblieben war, vermietete er an zwei kongolesische Studenten ... Was aber das schlimmste ist –

ELFI: Hat es Tätlichkeiten gegeben?

FRAU ZESCH-ZILLIUS: Tätlichkeiten? Nein ... Doch, warten Sie mal: an einem Totensonntag, da ist er gegen den Grabstein von Gert tätlich geworden ... mit der Fußspitze. – Aber das schlimmste –

ELFI: Sie selbst hat er ungeschoren gelassen?

FRAU ZESCH-ZILLIUS: Wenn Sie meinen, daß er mir die Bekanntschaft mit seiner Fußspitze erspart hat: ja ... Aber was er jetzt verlangt: sein Haß auf Gert – immerhin: auf einen Toten – sein Haß ist so groß, daß er von mir fordert, den Namen Zesch abzulegen ... Er will, daß ich mich nur noch Zillius nenne.

MARLIES: Und das gelingt Ihnen nicht?

FRAU ZESCH-ZILLIUS: Das kann und will ich nicht ... Ich hab meine Liebe genau aufgeteilt.

MARLIES: Ihre Liebe?

FRAU ZESCH-ZILLIUS: Ich achte darauf, daß keiner zu kurz kommt. *Pause*

MARLIES: Was meinst du, Elfi, drei Punkte?

ELFI: Zwei, allenfalls zwei ... Wir danken Ihnen, Frau Zesch-Zillius ... Sie werden bald von uns hören.

FRAU ZESCH-ZILLIUS: Und einen Ratschlag? Einen vorläufigen Rat wenigstens?

ELFI: Nur ein wenig Ausdauer und Mut.

FRAU ZESCH-ZILLIUS: Ich verstehe. Vielen Dank. Auf Wiedersehn.

MARLIES: Auf Wiedersehn!

ELFI: Wiedersehn.

Schritte, Tür, Stille.

MARLIES: Nicht verzagen, Elfi ... Das wird es immer wieder geben: Selbstaufgabe, die sich Liebe nennt ... Du mußt bedenken, wie lange es dem Mann erlaubt war, sich ungestraft als Mann zu verhalten ... Unsere Stellung wäre heute besser, wenn wir uns einmal grundsätzlich zu einem Krieg entschlossen hätten ... zu einem – sagen wir – heiligen Krieg gegen die Männerwelt ... Abbé Galiani übrigens hat diesen Gedanken auch schon mal erwogen ... und er war gar nicht sicher über den Ausgang. Er glaubte sogar, daß wir –

Musik

Elfi: Wir müssen konzentrierter vorgehen, Tante Marlies ... Die Anklage, wir müssen der Anklage größeren Raum geben ...

Marlies: Und was schlägst du vor?

Elfi: Die individuelle Befragung später vorzunehmen ... Wir kommen sonst nicht durch ... Ich schlage vor, sechs Klientinnen zur selben Zeit.

Marlies: Wenn du dich ihrer Rede gewachsen fühlst?

Elfi: Wir informieren uns zunächst über die Schwere der Anklage ... ganz allgemein.

Marlies: Felicitas ... sie sagt, vor jeder Anklage sollte man achten, daß mildernde Umstände zur Hand sind ...

Klingel im Nebenzimmer. Tür. Großes Stimmengewirr.

Elfi, *rufend*: Sechs, Trudi. Gleich die nächsten sechs.

Trudi, *rufend*: Verstanden. *leiser* Jetzt geht es rascher, meine Damen ... Die nächsten sechs, bitte ...

Tür, Schritte, Pause.

Marlies: Bitte Platz zu nehmen.

Elfi: Auf der Truhe kann auch noch jemand sitzen ... Meine Damen, Sie wissen, worum es geht ... Wir sind aufeinander angewiesen ...

Marlies: Kurz fassen, wenn es geht.

Elfi: In Stichworten wird alles festgehalten ... Alles wird bewertet ... Die Leiden – die Vergehen: alles.

1. Stimme: Mein Mann ist Postbote, wenn Sie wissen, was ich meine. Seine Tour dauert bis zwei, aber nie kommt er vor fünf nach Hause, weil er auf einem halben Dutzend Stellen zum Kaffee eingeladen wird. Seit neuestem fühlt er sich verpflichtet, überall Blumen hinzuschleppen; – von seinem Gehalt Blumen für ein halbes Dutzend Stellen. Wenn man ihn darauf anspricht, schlägt er zu.

Marlies: Schlägt?

1. Stimme: Schlägt, ja, wenn Sie wissen, was ich meine.

Marlies: Und Sie erdulden das?

1. Stimme: Er trifft nicht sehr gut. Er ist kurzsichtig, wenn Sie wissen, was ich meine.

2. Stimme: Wenn es nur dies wäre: äußere Gewalt ... die läßt sich ertragen. Aber erdulden Sie mal ein Schweigen, das einen Monat lang dauert, oder noch länger ... Wenn er

glaubt, mich strafen zu müssen, schweigt er einfach ... Ich weiß nie, warum ... Er antwortet auf keine Frage ... keinen Blick nimmt er auf ... Er verlangt stumm, daß meine Schwester mit uns im Schlafzimmer schläft ... er weigert sich, mit mir allein zu sein ...

ELFI: Und wie findet er seine Sprache wieder?

2. STIMME: Ich weiß nicht – er ißt so gern ... nachts, aus dem Eisschrank ... Und da passiert es, daß er ins Bett zurückkommt und auf einmal sagt: Das Sülzkotelett war gut ... oder: Der Bückling war zart ...

MARLIES: Das ist das Beispiel. Elfi ... Wenn wir mehr Zeit hätten: hieran ließe sich beweisen, daß Liebe nur – nur ein Kostüm des Egoismus ist.

ELFI: Gier. Verkleidet. Drapiert.

MARLIES: Egoismus im Federschmuck.

3. STIMME: Das ist es ... ich bin am Ende ... Er wird es schaffen.

ELFI: Sehen Sie nicht zur Tür, hier sind Sie sicher.

3. STIMME: Er wird es schaffen mit seiner Ausdauer ... Mit seiner Intelligenz ... Er hat mir gesagt – ganz ruhig hat er es mir gesagt, daß er mich in die Klapsmühle bringen wird ... Fast hat er es schon geschafft ...

MARLIES, *außer sich*: In die Anstalt?

3. STIMME: Meinen Geist, – er hat ihn methodisch verwirrt. Seit zwei Jahren schon ... unsere Freunde haben sich zurückgezogen von mir ... soweit hat er es geschafft ... Ich bemerke die Eile, wenn unsere Freunde mit mir sprechen.

ELFI: Fürchten Sie sich nicht ... Sie sind hier sicher, wie gesagt.

MARLIES: Wie geht er vor?

3. STIMME: Ich weiß nicht mehr, wie es anfing ... meine Erinnerung ist schon getrübt ...

MARLIES: Ein Beispiel?

3. STIMME: Ein Beispiel? Er lud seine beiden Chefs ein, zum Beispiel ... Oh, es war furchtbar ... Sie kamen mit ihren jungen Frauen ... Es sollte Fasan mit Weinkraut geben ... wir sprachen noch kurz vor dem Essen über Fasanen und Fasanenjagd ... beide Chefs sind nämlich Jäger ...

MARLIES: Ganz ruhig bleiben.

3. STIMME: Ich hatte zwei Fasane gekauft und vorbereitet. Dann, als ich das Essen auftragen wollte ... Es war furchtbar ... Es waren zwei Wildkaninchen, fast roh ...

MARLIES: Hat er das getan?
ELFI: Die Methode ist bereits zu erkennen.
3. STIMME: So war es immer . . . Ich weiß nicht: vielleicht habe ich doch die Wildkaninchen . . .
MARLIES: Er hat sie gegen die Fasane getauscht, im letzten Augenblick . . .
ELFI: Vermutlich behandelt er Sie in der Öffentlichkeit mit betonter Fürsorge?
3. STIMME: Mit Angst und Fürsorge, ja.
MARLIES: Hier sind zehn Punkte nicht zuwenig.
ELFI: Das Minimum . . . Nur ruhig, hinter dieser Tür steht niemand.
3. STIMME: Er wartet auf mich . . . draußen im Auto wartet er . . .
ELFI: Hat er Sie etwa hierher gebracht?
3. STIMME: Ich glaube, er verfolgt einen Plan damit . . .
MARLIES: Das trifft sich ja ausgezeichnet . . . Wenn Sie bereit sind, zu unterschreiben: wir könnten ihn gleich übernehmen . . . Dann kann der Herr Pläne für sich machen . . . Sie brauchen uns nur mit Ihrer Unterschrift zu ermächtigen –
3. STIMME: Hier?
MARLIES: Dort, ja. Und noch einmal auf dem Durchschlag. *Unterschrift* Danke! . . . Meine Damen, ich bitte Sie um ein wenig Geduld . . . doch dieser Fall erfordert rasche Behandlung . . . bevor das Unglück seinen Lauf nimmt.
ELFI: Trudi kann in Aktion treten . . .
Schritte
MARLIES: . . . Und Sie, meine Damen, können als Zeugen beobachten, was mit dem Verurteilten geschieht . . . wenn wir das Fenster öffnen; *Tür, im Hintergrund großes Stimmengewirr, Tür, Stille.* Wenn der Wind günstig ist, können Sie den Akt der Erlösung von hier aus verfolgen . . .
1. STIMME: Hört man ihre Schreie?
2. STIMME: Oder Hilferufe?
MARLIES: Nichts. Das Ende erfolgt diskret.
1. STIMME: Das Ende? Sagten Sie: das Ende?
MARLIES: In diesem Labyrinth des Omar i Chayyam geht man spurlos verloren . . . Ohne Scherereien zu hinterlassen.
1. STIMME: Aber ich will ihn wiederhaben . . . Er soll ruhig einen Denkzettel bekommen, aber danach will ich ihn wiederhaben.
MARLIES: Trotz der Schläge?

1. STIMME: Die sind nicht immer so gemeint . . . außerdem schlecht gezielt.

2. STIMME: Sie verteidigen ihn ja.

1. STIMME: Schläge können auch verbinden, wenn Sie wissen, was ich meine.

2. STIMME: Ich finde das unbegreiflich . . .

MARLIES, *beruhigend*: Bitte, meine Damen . . . Das Objekt Ihres Streites ist zu nichtswürdig, als daß Sie sich erregen sollten.

1. STIMME, *erregt*: Nichtswürdig? So dürfen Sie von meinem Mann nicht reden . . . Nicht Sie – mit Ihrem Storchennest und den Reiherfedern.

3. STIMME: Da kommt er . . . im Garten! *Pause*

MARLIES: So also sieht er aus. Wie ein englischer Offizier.

3. STIMME: Er ist Hamburger Auktionator.

ELFI: Wie ausgiebig er den Rhododendron betrachtet . . . Als ob er etwas davon versteht.

3. STIMME: Er versteht etwas davon . . . Er hat über dreißig neue Arten gekreuzt.

MARLIES: Das verträgt sich bei ihnen –: der grausamste Weißgardist – ein General, ich hab seinen Namen vergessen – war der beste Interpret von Beethoven-Sonaten in ganz Rußland . . . Bei ihnen schließt das eine das andere nicht aus –.

ELFI: Trudi scheint mit ihrer Aufgabe zu wachsen.

MARLIES: Jeder tut es . . . Pssst. *Stille* Ich werde das Fenster öffnen . . . *Tut es.*

TRUDI, *im Garten; mittlere Distanz*: Ihre Frau hat recht behalten . . .

EIN MANN, *gesalbt*: Gärten – für mich sind sie der Trost der Welt . . . Sie erinnern uns fortwährend.

TRUDI: Woran meinen Sie?

EIN MANN: An das Stirb und Werde.

TRUDI: Da mögen Sie recht haben.

EIN MANN: Reicht der Garten bis zum Weg unten?

TRUDI: Früher reichte er bis zur Elbe . . . Wir haben ein Stück der Öffentlichkeit abgetreten.

EIN MANN: Der Öffentlichkeit?

TRUDI: Den Betrunkenen und den jungen Männern, die uns die Handtaschen entreißen.

EIN MANN: Aber die Aussicht ist geblieben . . . auf den Fluß . . . auf die Wetterstation . . . Der schwarze Ball – wissen Sie, was der bedeutet?

TRUDI: Allerdings . . . Um genau zu sein, es ist ein Windwarnsignal, das sechs bis sieben Windstärken ohne Richtungsangabe anzeigt.

EIN MANN: Sie zeigen erstaunliche Kenntnisse.

TRUDI: Es sind nur unausbleibliche Kenntnisse.

EIN MANN: Ist die Meteorologie etwa Ihre Leidenschaft?

ELFI, *nah, warnend, für sich*: Trudi . . . fang nicht wieder an, Trudi . . .

MARLIES: Was macht sie?

EIN MANN: Es ist schön, wenn man sich Leidenschaften leisten kann.

TRUDI: Können Sie das nicht?

EIN MANN: Ich habe alles mögliche getan . . . Münzen gesammelt, und eine Zeitlang sogar Rettungsringe . . . Leider – meine Frau konnte sich nicht damit abfinden.

TRUDI: Nicht?

EIN MANN: Sie wollte alle Aufmerksamkeit für sich. Ich mußte das Sammeln aufgeben . . . Aber verschmerzt habe ich es noch nicht.

TRUDI: Haben Sie Herzbeschwerden?

EIN MANN, *erstaunt*: Wieso?

TRUDI: Oder andere Leiden?

EIN MANN: Ach so, weil ich meine Hand hier rauflege . . . Eine Angewohnheit, weiter nichts.

TRUDI: Es gibt doch auch Herzkrankheiten, die unheilbar sind.

EIN MANN, *irritiert*: Unheilbar? Davon habe ich doch gar nicht –

TRUDI, *meditierend*: Von manchen Krankheiten, da bringt uns erst das Ende eine Erlösung.

EIN MANN, *sehr irritiert*: Ich fühle mich aber gesund . . . Sehr . . . Erst die letzte Röntgenuntersuchung hat das bestätigt.

TRUDI: Die schlimmsten Krankheiten sind die, die wir nicht spüren . . . wenn der Schmerz ausfällt . . . Der Schmerz ist der größte Erzieher . . .

EIN MANN, *befremdet*: Ich kann Ihnen nur sagen, daß ich mich rundherum wohl fühle . . . Doktor Kellermann hat nichts gefunden.

TRUDI: Hat er auch den Augentest gemacht?

EIN MANN: Davon verstehe ich nichts.

TRUDI: Sehen Sie . . . wir wissen viel, aber wir wissen nie genug. *Pause* Mein Schal!

EIN MANN: Was ist mit dem?

TRUDI: Dort hinein. Der Wind hat ihn dort hineingeweht.

Ein Mann: In diese komische Laube?

Trudi: Es ist ein Labyrinth . . . Ein persisches Gartenlabyrinth.

Ein Mann, *herablassend*: Darin soll man sich wohl verirren?

Trudi: Omar i Chayyam hat es meinem Vater geschenkt.

Ein Mann, *gönnerhaft*: Der Orient – – sie machen dort alles zum Spiel . . . ›Als ob‹ – das ist ihre Devise.

Trudi: Die Mauern haben sich gut erhalten in unserem Klima.

Ein Mann: Ich bin gleich zurück. *Lachend* Eher verirre ich mich in meiner Badewanne.

Trudi: Darf ich schon zurückgehn?

Ein Mann: Ich habe Sie gleich eingeholt. *Pause*

Marlies, *nah*: Schulmäßig.

Elfi: Wie im Lehrbuch.

3. Stimme: Ich kann es nicht glauben.

Marlies: Wir garantieren dafür, daß er nicht zurückkommt.

3. Stimme: Ruft er nicht? *Stille*

Elfi: Er ruft nicht. Er klopft nicht. Er macht sich durch nichts bemerkbar.

1. Stimme: Nein . . . Mein Mann darf dort nicht hinein . . .Ich erlaube es nicht.

Marlies: Sie haben noch nichts unterschrieben. Deshalb können Sie zurücktreten.

Elfi: Wir müssen weitermachen . . . Darf ich Sie bitten?

4. Stimme: Er verlangt von mir, die Kinder zu züchtigen . . . Jeden Mittwoch und jeden Sonnabend . . . auch wenn sie sich nichts zuschulden kommen ließen, muß ich die Kinder hereinrufen, er sitzt in einem Sessel. *Leiser* Er hört sich an, wie ich sie ausfrage, er sagt kein einziges Wort . . .

Musik

Geschlossener Raum.

Marlies: Und? Was liegt daran? Wenn wir die Zahl der Hamburger Männer reduzieren, verringern wir – automatisch – die Zahl der Leiden . . . Das mußt du dir sagen, Trudi . . . Oft mußt du dir das sagen . . .

Elfi: Wir werden bald einmal ausspannen. Vielleicht sollte Trudi auf eine Foto-Safari gehen . . . Was meinst du, Trudi?

Trudi, *rechtschaffen verstört*: Ihre Blicke – die letzten Blicke, mit denen sie mich ansehen, bevor sie verschwinden . . . Einige scheinen es zu ahnen.

Marlies: Das redest du dir ein, mein Kind. Und schließlich,

selbst wenn sie es ahnen: was liegt schon daran? Lies die Dankschreiben, und dein seelisches Gleichgewicht ist wieder vorhanden.

TRUDI: Vorgestern neunundzwanzig ... gestern vierzehn ... Ich kann nicht glauben, daß sie alle –

MARLIES: Was?

TRUDI: – so sind, wie ihre Frauen sie darstellen.

MARLIES: Sie sind noch schlimmer ... Frag sie nach ihren Träumen, und du wirst sehn: sie sind noch schlimmer ...

ELFI, *streng*: Nimm dich zusammen, Trudi ... Wir erwarten von dir, daß du deine Pflicht tust.

TRUDI: Ich habe Angst – nur ein wenig Angst ... Es sind so viele ...

MARLIES: Das sollte dich freuen.

ELFI: Bestätigen sollte es dich.

MARLIES: Wenn ich an die Zahl der Anmeldungen denke: niemand hätte vermutet, daß es in dieser Stadt so viele heimliche Friedhöfe gibt ... wie groß die Bereitschaft ist, sich des andern zu entledigen! Das mußt du dir doch sagen, Trudi: die Liebe ist nicht das, als was sie ausgegeben wird ... *Pause* Felicitas meint, schon alles Körperliche zeigt, daß die Liebe ein Irrtum ist – oder eine Erfindung ... jedenfalls nichts Gegebenes.

ELFI: Ich habe deinen Lieblingslikör gekauft, Trudi ... Wie wär's mit einem Gläschen? *Pause*

TRUDI: Manchmal, wenn sie mich ansehn – in ihren Blicken ist soviel Ahnungslosigkeit ... und Vertrauen.

ELFI: Es hat keinen Zweck, Tante Marlies ... Trudi wird ihre Pflicht tun – wie wir alle ... *Sachlich* Wieviel haben wir heute abgefertigt?

MARLIES: Vierundzwanzig.

ELFI: Wie viele sind nachgeblieben bis zum Feierabend?

MARLIES: Einer.

ELFI: Name?

MARLIES: Knopf.

ELFI: Knopf?

MARLIES: Der letzte Fall heute, Nummer fünfundzwanzig ... Zu deiner Orientierung: der Delinquent hat seine Frau gezwungen, ihn zwölf Jahre nicht zu berühren. Dir ist hoffentlich klar, welch eine unerhörte symbolische Beleidigung dahinter steckt: indem er sich für unberührbar erklärt, deklassiert er unser Geschlecht ...

ELFI: Seine Frau hat ihn hergeschickt. Er wartet, wie üblich, im Garten.

TRUDI: Darf ich danach gleich ins Bett?

ELFI: Du bekommst einen Likör und darfst ins Bett.

MARLIES: Wir drücken dir die Daumen.

ELFI: Also? Worauf wartest du noch? Wir müssen die Kartei ordnen.

TRUDI: Einer – der blonde Telegrammbote: er war bestimmt unschuldig.

ELFI: Unschuldig? Er hat seiner Frau so lange Pralinen aufgedrängt, bis die Bedauernswerte alle Formen sprengte ... Da hatte er einen Grund, sie zu verlassen ... Wie kann man in solch einem Fall von Unschuld sprechen ...

MARLIES: Von mir aus können wir abhaken.

Musik.

Trudis Schritte im Freien.

TRUDI: Hallo! Hören Sie mich?

KNOPF, *verbindlich*: Guten Tag ... Ich bin auf die Steinbank gestiegen ... Man kann von hier aus besser ... – *Er verstummt, springt ab. Pause.* Trudi! ... Bist du es wirklich, Trudi? Wie geht es dir?

TRUDI, *ergriffen, doch bemüht, reserviert zu erscheinen*: Danke. Es geht mir gut.

KNOPF: Du – du hast dich nicht sehr verändert.

TRUDI: Ich bin pensioniert mittlerweile.

KNOPF: Ich bin im nächsten Jahr dran ... Man sieht es dir aber gar nicht an.

TRUDI: Ich sehe es mir an. Das genügt.

KNOPF: Wenn ich das gewußt hätte.

TRUDI: Was?

KNOPF: Meine – meine Frau hat gewissermaßen diese Verabredung für mich getroffen ... Sie bat mich, mit Marlies Luderking zu sprechen – hier.

TRUDI: Das ist meine Tante.

KNOPF: Weißt du, worum es hier geht? Meine – man sagte mir, es sei etwas Wichtiges zu regeln. *Besorgt* Trudi? Was fehlt dir, Trudi? Setz dich hin.

TRUDI: Warum bist du gekommen? auf einmal –

KNOPF: Ich wußte nicht –

TRUDI, *Pause*: Seit wann – bist du verheiratet? *Im Gehen.*

KNOPF: Ich? Seit etwa neun Jahren.

TRUDI: Deine Frau ist wetterkundig?

KNOPF: Sie ist nicht in der Lage, eine Zirrus- von einer Kumulus-Wolke zu unterscheiden.

TRUDI: Und sonst?

KNOPF: Sonst? Wie soll ich sagen ... es ist – ich weiß nicht, ob du mich verstehst – es ist eine Verbindung aus Vernunftgründen ...

TRUDI: Wie sich das anhört.

KNOPF: Was?

TRUDI: Dieser Satz. Ich könnte ihn nicht wiederholen –

KNOPF: Die Basis ist Vernunft.

TRUDI: Gibt es nichts Besseres?

KNOPF: Es ist mein Prinzip, auf die Vernunft zu setzen.

TRUDI: Immer schon?

KNOPF, *achselzuckend*: Zumindest habe ich es immer versucht ... *Pause* Das Labyrinth ... Es steht ja noch immer da ... Warst du mal drin inzwischen?

TRUDI: Du erinnerst dich daran?

KNOPF: Als der Sturm aufkam: weißt du noch, daß wir beinahe dort hineingelaufen wären?

TRUDI: Ja, beinahe ... manches ist beinahe geschehen.

KNOPF: Und du, Trudi?

TRUDI: Pensioniert, seit dem Frühjahr. Aber ich wache noch immer viertel vor sieben auf, jeden Morgen.

KNOPF: Hast du viel Besuch, von ehemaligen Schülerinnen?

Sie bleiben stehen.

TRUDI: Sieh mal, wie gut sich das Labyrinth gehalten hat ... in dieser Witterung ... dabei sind es persische Lehmziegel ... Hast du gut arbeiten können in Lappland?

KNOPF, *erstaunt*: In Lappland? Ich war mehrmals dort oben ... Die Wolkenbildung – nirgendwo in Europa kann man die Wolkenbildung so gut studieren wie in Lappland ... Wir haben sie gefärbt – die Wolken ...

TRUDI: Damals.

KNOPF: Das erste Mal war ich als Student dort oben.

TRUDI: Ich meine damals ... als du auf die Terrasse gingst, um – nach dem Regen zu sehen ...

KNOPF: Ach, Trudi.

TRUDI: Bist du damals gleich zum Bahnhof gefahren?

KNOPF: Wollen wir nicht – müssen wir darüber sprechen? Heute?

TRUDI: Dieser Abschied. Ich habe immer nach einer Erklärung für diesen Abschied gesucht.

Knopf: Das ist doch begraben.

Trudi: Für dich.

Knopf: Deine Schwester – hat sie dir nicht alles gesagt?

Trudi: Ich war auf einer Elternversammlung ...

Knopf: Ich wollte auf dich warten. Ich weiß nicht, wie alles anfing.

Trudi: Was?

Knopf: Ich war so überrascht, als sie mich plötzlich umarmte.

Trudi: Sie – dich?

Knopf: Und mich küßte. Sie bat mich –

Trudi: Das ist nicht wahr!

Knopf: Sie sagte, daß sie mich liebt – sie bat mich, dies Haus mit ihr zu verlassen – während wir auf dich warteten ...

Trudi: Das ist nicht wahr, Burkhardt ... Das kann nicht wahr sein!

Knopf: Ihr Gepäck stand schon bereit. Ich habe es selbst gesehen ... Sie brauchte nur noch meine Einwilligung ... sogar die Fahrkarten hatte sie schon besorgt, für sich und für mich ... Ich dachte, du wußtest das alles ... habt ihr nie darüber gesprochen, später?

Trudi, *tonlos*: Nach Amsterdam?

Knopf: Ja, sie erwähnte Amsterdam ... Sie war bereit, alles aufzugeben, jedenfalls hatte sie bereits einen Brief an die Schuldirektion geschrieben ... Habt ihr nie darüber gesprochen? Trudi!

Trudi: Du irrst dich, Burkhardt ... Das ist nicht wahr ... Sag, daß du dich geirrt hast.

Knopf: Du kennst mein Gedächtnis, Trudi. Das heißt: vielleicht kennst du es noch. *Besorgt* Fehlt dir was? *Pause* Trudi? Hörst du mich?

Trudi, *tonlos*: Ja. Ja, ich höre und verstehe dich ... Vieles beginne ich jetzt zu verstehen.

Knopf: Laß die alten Geschichten ... Komm, wir sehen uns das Labyrinth mal von innen an ... Das wollte ich immer schon.

Trudi: Entschuldige mich.

Knopf: Dann seh ich's mir allein an.

Trudi, *sozusagen erwachend*: Nein ... Du darfst dort nicht hinein ... Bitte.

Knopf: Warum nicht?

Trudi: Du mußt mir versprechen ... Ich erklär es dir später ... Bitte, tu es nicht.

KNOPF, *beruhigend*: Dann warte ich eben hier.

Musik

ELFI, *eilig*: Erledigt, Trudi? – – – Ich frage dich: ist Nummer fünfundzwanzig erledigt?

TRUDI, *energisch*: Warum gehst du nicht hinaus und siehst nach?

ELFI, *erstaunt*: Wie sprichst du mit mir?

TRUDI: Hast du noch die Fahrkarten? Steht das Gepäck bereit?

ELFI, *streng*: Laß die Scherze und beantworte meine Fragen.

TRUDI: Und wenn ich Fragen zu stellen habe?

ELFI: Muß ich dich daran erinnern, wer hier das Wort führt?

TRUDI: Hoffentlich findest du noch jemanden, der es befolgt.

ELFI: Erklär mir sofort dein Verhalten, – bevor Tante Marlies zurückkommt.

TRUDI: Vielleicht habe ich einen Anspruch darauf, von dir Erklärungen zu fordern.

ELFI, *außer sich*: Weißt du, wie dein Betragen genannt zu werden verdient?

TRUDI: Für dein Betragen wüßte ich einen Namen.

ELFI: Zum letzten Mal: hast du deine Aufgabe erfüllt?

TRUDI: Nein, und ich werde sie nicht erfüllen ... Von heute ab werdet ihr ohne mich auskommen müssen ... vielleicht kannst du meine Aufgabe übernehmen – du mit deiner Energie und dem Wunsch nach Vergeltung ... Ich werde verreisen.

ELFI: Ich fürchte, Trudi, du beginnst, dich zu vergessen.

TRUDI: Im Gegenteil: ich bin dabei, mich wiederzufinden.

Pause

ELFI: Knopf? *Betroffen* Knopf? Das ist doch nicht etwa –

TRUDI: Ja, es ist ... es ist Burkhardt Knopf ... Der Meteorologe, wie du ihn genannt hast. Er ist es, ja. Er wartet draußen – allerdings nicht, um mit dir zu fliehen – – Du brauchst die Fahrkarten nicht mitzunehmen.

ELFI: Ich verstehe nicht, wovon du sprichst.

TRUDI, *geringschätzig*: Du mit deinen Erlösungen ... mit deiner Aktion zur Verringerung der Leiden ... *Lacht bitter* Soldaten des Glücks ... und was ist es in Wirklichkeit? Willst du es hören?

ELFI: Nur zu ... Sag es, wenn du glaubst, daß es gesagt werden muß.

TRUDI: Ihr wolltet nach Amsterdam, nicht wahr? In das Haus, das Onkel Jan mir vermacht hat ... nur, deine Liebeserklärung war ein wenig überstürzt ... man läßt sich nicht gern überrumpeln ... Versuch es doch jetzt noch einmal ... Ich bin sogar bereit, dir beim Packen zu helfen.

ELFI, *kleinlaut*: Trudi – ich bitte dich, mich zu verstehen. Unterbrich für einen Augenblick deine Anklagen und hör mir zu –

TRUDI: Worte – was sollen jetzt noch Worte? *Wirft den Karteikasten zu Boden.*

ELFI: Was machst du?

TRUDI: Weg damit ... Weg mit allem ... mit dieser Kartei: ... mit den Dankschreiben ... mit diesen sorgfältig abgehefteten Leiden ... ich gebe sie den Eigentümern zurück. *Wirft sie in die Luft.*

ELFI: Bitte, Trudi, gib mir Zeit, und ich erkläre dir alles.

TRUDI: Einem Ertrunkenen? Willst du einem Ertrunkenen erklären, wie er sich über Wasser halten soll?

Elfi stürzt ans Fenster.

TRUDI: Ja, sieh nur hinaus ... Erkennst du ihn wieder?

Elfi läuft hinaus. Tür

TRUDI: Geh nur ... Geh nur.

Tür

MARLIES: Was ist denn hier geschehen ... Als ob ein Wind hier gewütet hat ... Um Himmels willen!

TRUDI: Gib dir keine Mühe, die Kartei zu ordnen.

MARLIES: Du übersiehst, mein Kind, morgen haben wir dreißig Fälle zu erledigen.

TRUDI: Ich würde das Aufsammeln der Polizei überlassen.

MARLIES: Was sagst du da? ... Sagtest du Polizei? Mein liebes Kind, du meinst doch wohl nicht im Ernst, daß die Polizei in der Lage ist, die speziellen Leiden von uns Frauen zu bewerten ... Die können nicht einmal die Diebstähle von Damenhandtaschen aufklären ... Wo ist denn Elfi?

TRUDI: Da.

MARLIES: Wo? Im Garten? *Pause. Irritiert* Das ist doch nicht etwa ein Mann?

TRUDI: Es spricht alles dafür, Tante Marlies.

MARLIES, *erschrocken*: Sie gehn ins Labyrinth ... zusammen ... Schau nur, Trudi ... Was bedeutet das? Zusammen ... Schnell, schnell, Trudi ...

TRUDI: Er ging voraus ...

Musik

1. POLIZIST: Also herein mit ihr.

2. POLIZIST, *ironisch*: Sie hat etwas sehr Wichtiges anzuzeigen.

1. POLIZIST: Das haben sie alle ...
Tür
TRUDI: Guten Tag, meine Herren.
1. POLIZIST: Guten Tag. Bitte, nehmen Sie doch Platz. Sie wollen Anzeige erstatten –
TRUDI: Ja. Das möcht ich gern.
2. POLIZIST: Möchten Sie uns Ihren Namen sagen?
TRUDI: Pienkogel, Gertrud Pienkogel ... Hamburg zweiundfünfzig –
1. POLIZIST: Einen Beruf haben Sie auch?
TRUDI: Hatte ich, junger Mann ... Lehrerin ... Deutsch ... und Geographie.
2. POLIZIST: Überfall?
TRUDI: Wieso?
2. POLIZIST: Wollen Sie einen Überfall melden?
1. POLIZIST: Wir nehmen an, man hat versucht, Ihnen die Handtasche zu entreißen.
TRUDI: Wegen einer Lappalie hätte ich Sie nicht bemüht.
2. POLIZIST: Also kapitales Verbrechen?
TRUDI: Ich weiß nicht, wie man es bezeichnet, fachmännisch.
1. POLIZIST: Worum handelt es sich denn?
TRUDI: Um die Verringerung der Männer in Hamburg.
Pause. Die Polizisten haben Mühe, ernst zu bleiben.
2. POLIZIST: Sagten Sie Verringerung?
TRUDI: ... die Beseitigung einer erheblichen Anzahl von Männern, die sich etwas haben zuschulden kommen lassen ... gegenüber ihren Frauen.
2. POLIZIST: Und haben Sie einen Verdacht?
TRUDI: Ich biete Ihnen Tatsachen.
1. POLIZIST: Das hatte ich erwartet.
TRUDI: Ich hoffe, Sie freuen sich darüber ... Ich bin gekommen, um Anzeige zu erstatten gegen: meine Schwester, Tante Marlies und mich ...
2. POLIZIST: Wegen Verringerung der Männer in Hamburg?
TRUDI: So ist es.
1. POLIZIST: Darf ich mich nach der Todesart erkundigen?
TRUDI: Gern ... Die verurteilten Herren – ich meine, die Männer, die genügend negative Punkte erhalten hatten, wurden in ein Labyrinth gebracht.
1. POLIZIST: Labyrinth? Das hätte ich mir denken können.
2. POLIZIST: Ich hatte es auch schon erwartet ... Labyrinth ... sie wurden also in die Irre geschickt.

TRUDI: Es ist ein persisches Gartenlabyrinth ... Omar i Chayyam hat es bauen lassen ... Er war ein Freund meines Vaters ... Wer das Labyrinth betritt –

1. POLIZIST: – ist so gut wie verloren.

TRUDI: Er ist verloren ... bisher hat noch niemand herausgefunden.

2. POLIZIST: Das Gedränge – es muß doch ein ziemliches Gedränge geben im Labyrinth.

TRUDI: Es bewahrt sein Geheimnis vollkommen.

1. POLIZIST: Beim letzten Streifengang – mir ist auch schon aufgefallen, wie selten die Männer im Straßenbild sind.

TRUDI: Nicht wahr?

2. POLIZIST: Und die Kneipenwirte klagen auch über mangelnde Besucherzahlen.

TRUDI: Alles ein Resultat unserer Tätigkeit ... nehme ich an ... Falls Sie die Kartei der Verschwundenen einsehen möchten: sie ist auf meinem Zimmer.

1. POLIZIST: Eine Kartei gibt es also auch.

TRUDI: Sie ist sorgfältig geführt ... ebenso das Archiv der Leiden. Wann darf ich mit Ihrem Besuch rechnen?

1. POLIZIST: So bald wie möglich.

2. POLIZIST: So schnell wie möglich.

TRUDI: Das beruhigt mich. *Steht auf* Ich erwarte Sie, meine Herren. Auf Wiedersehn!

1. POLIZIST: Auf Wiedersehn.

2. POLIZIST: Auf Wiedersehn.

Tür

1. POLIZIST: Du hast doch nichts notiert ...

2. POLIZIST: Seh ich so aus?

1. POLIZIST: Und da wollen die Leute, daß man ihnen glaubt...

2. POLIZIST: Morgen erzählt sie uns etwas anderes ...

1. POLIZIST: ... und vergessen, daß wir nur Tatsachen glauben können.

2. POLIZIST: Weißt du noch die Alte, die sich über die Zebras beschwert hat ... Ihr Nachbar hat ihr jeden Abend ein Zebra ins Zimmer geschickt ...

Musik

Haussuchung

Personen:

Christina
Handwerker
Richard
Henry
Tom
Bosse
Felix

Geräusch eines kleinen Hammers in einem großen Zimmer. Zischlaute des Handwerkers, der zwischen den Lippen Nägel hält. Christinas Schritte nähern sich. Stille. Christina ist eine sehr junge Frau, die gleichwohl die Erfahrungen einer langen Ehe besitzt. Es hat nicht den Anschein, als ob sie auf die gemachten Erfahrungen verzichten möchte.

CHRISTINA: Das ist besser: jetzt sind die Steckdosen tief genug.

HANDWERKER: Zumindest bis zum nächsten Mal.

CHRISTINA: Was meinen Sie damit?

HANDWERKER, *offenherzig; durch die Zähne*: Zweimal hab ich sie schon tiefer gesetzt, aber immer waren sie noch nicht tief genug.

CHRISTINA: Man kommt eben erst allmählich dahinter, was man im Haus hat ... welche gefährlichen kleinen Dinger. Wissen Sie, wie viele Menschen durch Unfälle im Haus ums Leben kommen?

HANDWERKER: Mir macht das nichts aus.

CHRISTINA: Bei Ihnen gehören elektrische Schläge zum Beruf.

HANDWERKER: Man muß darauf gefaßt sein, dann spürt man sie nicht. *Nimmt die Nägel zwischen den Lippen heraus.* Sagen wir: fast nicht. Ich habe nur das Gefühl, als ob mein Alter mir die Hand schüttelt – er fährt eine Walze beim Straßenbau.

CHRISTINA: Mich ziehen Steckdosen an. Sobald ich länger auf die zwei Löcher sehe, spreize ich unwillkürlich die Finger, den Zeige- und den Mittelfinger: so. Und dann gehe ich langsam näher ...

HANDWERKER: Eigentlich dürften Sie dann keine Steckdosen im Hause haben.

CHRISTINA: Vielleicht entdecken Sie eines Tages eine neue Elektrizität, eine freundliche, harmlose: ich werde dann Ihr erster Abnehmer sein. Bis dahin muß ich die Steckdosen wohl ertragen.

HANDWERKER: Das war jedenfalls meine letzte Arbeit, die letzte vor der Hochzeit: morgen ist es soweit. *Pause. Er räumt das Werkzeug zusammen.* Sie sind schon lange verheiratet, nicht wahr?

CHRISTINA: Hundert Jahre.

HANDWERKER, *unsicher lächelnd*: Das sieht man Ihnen aber nicht an.

CHRISTINA: Was sieht man uns überhaupt an?

HANDWERKER: Sechs Jahre vielleicht, höchstens acht.

CHRISTINA: Vergessen Sie den Schraubenzieher nicht.

HANDWERKER: Wird man sich tatsächlich ähnlich nach so langer Zeit?

CHRISTINA, *leise, belustigt*: Man wird durchsichtig. Man braucht immer weniger Masken. Insoweit wird man sich tatsächlich ähnlich. Zuletzt – *Schweigt*

HANDWERKER: Was ist zuletzt?

CHRISTINA: Wenn nichts mehr zu entdecken ist, beginnt die Zeit der Wiederholungen ... *Lächelnd* Eine Ehe ist wie eine freiwillige Hausaufgabe: mit den Jahren lernen die Partner alles auswendig ...

HANDWERKER: Ich möchte wissen, was Ihr Mann dazu sagt. Schade, daß er nicht da ist ... Heute ist wieder eine Fotografie von ihm in der Zeitung; er steht auf einer der Brücken, wo damals alles passiert ist ... Wo ist denn die Patentzange? ... *Bewundernd* Ich hätte das jedenfalls nicht gewagt, und freiwillig schon gar nicht.

CHRISTINA, *mit Überzeugung*: Ohne ihn wären beide Brücken zerstört worden.

HANDWERKER: Mitten im Beschuß, und die Sprengladung war schon scharf gemacht ... Ich hätt's nicht gewagt. Hat er die Kabel eigentlich durchgerissen?

CHRISTINA: Durchgeschnitten.

HANDWERKER: Allein das Geld, das er der Stadt erspart hat: ein Zehntel würde mir genügen. Davon abgesehen, was wäre der Handel, wo blieben die Besucher ohne ihn? Was er damals getan hat: das ist schon was.

CHRISTINA: Es freut mich, daß Sie meinen Mann so einschätzen.

Handwerker: Niemand denkt anders darüber, die Stadt auch nicht: alle Augenblicke holen sie ihn ins Rathaus und heften ihm was an, sogar jetzt noch nach so viel Jahren.

Christina, *ungeduldig*: Haben Sie Ihr Werkzeug?

Handwerker: Sollte ich was vergessen haben, kann es hierbleiben bis zum nächsten Mal. Sagen Sie mir nur Bescheid, wenn die Steckdosen wieder versetzt werden müssen ... aber nach meiner Hochzeit ... Übrigens: meine Braut stammt von drüben, aus dem Alten Land. Wenn die Brükken kaputt gewesen wären, hätte ich sie bestimmt nicht kennengelernt ...

Christina: Ich werde es meinem Mann erzählen. Er wird sich freuen ... Viel Glück für morgen.

Handwerker: Danke. Vielleicht bring ich's auch auf hundert Jahre. – Wiedersehn.

Christina: Wiedersehen.

Tür wird geschlossen, Christina seufzt erleichtert, geht zurück, setzt sich, zieht eine Schublade auf, sucht etwas, wirft die Schublade zu, zündet sich eine Zigarette an, überlegt, fragt sich.

Christina, *leise, eilig*: Wo ist dieser verdammte Verbandskasten ... Vielleicht genügt auch Pflaster ...

Öffnet einen Schrank, schließt ihn, es klingelt an der Tür.

Christina, *unwillig*: Was hat der Kerl denn nur vergessen?

Sie öffnet die Tür, tritt vor Überraschung einen Schritt zurück.

Christina: Ja – bitte? Was wünschen Sie?

Richard und Henry, zwei Untersuchungsbeamte.

Richard, *behutsam*: Entschuldigen Sie die Störung. Wohnt bei Ihnen Tom Jörgensen? Der Student Tom Jörgensen?

Christina: Sicher, er wohnt hier als Untermieter. Ich habe ihn seit zwei Tagen nicht gesehen. Ich weiß nicht, wo er sich aufhält.

Henry, *lakonisch*: Zeig den Bescheid, Richard.

Richard: Wir haben einen Haussuchungsbefehl, ausgestellt auf das heutige Datum.

Henry: Laß sie lesen, Richard.

Richard: Wenn Sie sich freundlicherweise überzeugen wollen: Hier. Es tut mir leid wegen der Störung.

Christina, *sie zögert, überfliegt murmelnd den Text, sehr besorgt*: Mein Gott.

Henry, *sachlich*: Nimm den Bescheid wieder an dich.

Richard: Dürfen wir eintreten?

Christina: Natürlich, meine Herren, kommen Sie. Zu meinem

Bedauern ist mein Mann nicht hier, ich meine: im Augenblick. Er könnte Ihnen sicher behilflich sein.

Die Tür wird geschlossen.

Es ist natürlich nicht aufgeräumt. Ich hatte den Handwerker.

HENRY: Frag, wo sein Zimmer ist, Richard.

RICHARD: Würden Sie uns bitte in das Zimmer Ihres Untermieters führen?

CHRISTINA, *plötzlich wieder selbstsicher, aufgeräumt*: Selbstverständlich, meine Herren, bitte: aber erwarten Sie nicht zuviel. Es ist eine Bleibe für den Übergang, ein Notbehelf. Ich fürchte, Sie werden kaum etwas Bemerkenswertes finden ... Suchen Sie etwas Bestimmtes? *Schritte*

RICHARD: Ihr Untermieter hat einige Apotheken ausgenommen.

CHRISTINA: Ausgenommen?

HENRY: Erklär ihr das, Richard.

RICHARD: Seit einiger Zeit werden Einbrüche in Apotheken verübt. Der Junge, der da einsteigt, ist ein Kenner: er bevorzugt ganz bestimmte Sachen. Mit dem, was er bisher zusammengetragen hat, könnte er diesen ganzen Bezirk schlafen lassen.

CHRISTINA: Schlafen? *Pause* – Hier: sein Zimmer, wie ich schon sagte, nichts Bemerkenswertes.

HENRY: Es kann gerade noch als möbliert gelten.

RICHARD: Unter dem Bett ist ein Koffer. Darf ich mal? *Er bückt sich, zieht den Koffer empor, Schlösser springen.* Wann haben Sie ihn zum letzten Mal gesehen?

CHRISTINA: Vor zwei Tagen. Wir frühstückten zusammen.

RICHARD, *erstaunt*: Er frühstückt mit Ihnen?

CHRISTINA: Tom wohnt seit drei Jahren bei uns. Er war –

HENRY: Kind im Haus?

CHRISTINA: Nein.

RICHARD: Benutzte er mehr als diesen Raum?

CHRISTINA: Er ging ein und aus bei uns. Ihm standen alle Räume offen ... Ich kann es einfach nicht glauben. Sie irren sich gewiß. Ich hoffe, es wird sich bald aufklären.

HENRY: Deshalb haben wir ja die Schürzen vorgebunden.

RICHARD, *im Koffer stöbernd*: Strümpfe, Bücher, Badehose ... Wer ist das? Auf diesem Bild?

CHRISTINA: Seine Eltern. Beide Lehrer, bekannte Lehrer. Sie hatten anfangs viel Erfolg. Ihr Unglück war – wie Tom sagt –, daß sie versuchten, sich gegenseitig zu erziehen.

RICHARD: Wo leben sie?

CHRISTINA: Sie begingen Selbstmord, gemeinsam ... nach ›reiflicher Überlegung und gewissenhafter Bilanz‹, wie Tom sagt.

HENRY, *schlägt das Bett auf, stemmt die Arme in die Matratzen, wippt*: Das Bett ist klar, Richard.

RICHARD: Schau im Schrank nach, und dann dreh den Sessel um. *Kofferschlösser schnappen zu.*

CHRISTINA: In den Ferien fuhr Tom meistens weg, zu einem Onkel, der draußen bei der Sternwarte beschäftigt ist. Sein Onkel ist Professor, Astronom. Er hat mehrere Bücher geschrieben.

RICHARD: Gehören die Hockeyschläger Ihrem Untermieter?

CHRISTINA: Er spielt in der Universitätsmannschaft ... Ich hoffe nur, daß mein Mann bald kommt. Er könnte Ihnen manches erleichtern.

HENRY: Im Schrank sind nur Bügel, Richard, und eine Postkarte: Boote am Strand. *Pause*

RICHARD: Sie sagten, Ihrem Untermieter standen alle Räume offen?.

CHRISTINA, *seltsam erleichtert*: Ja, natürlich. Es stand ihm frei, sich aufzuhalten, wo er wollte. Wir konnten Tom doch nicht auf dies Zimmer beschränken: kein Bild an den Wänden, keine Aussicht ...

RICHARD: Also bestand ein Vertrauensverhältnis zwischen Ihnen?

CHRISTINA: Es kommt auf den Standpunkt an. Ein Vertrauensverhältnis besteht zwischen allen Leuten, die unter einem Dach schlafen ...

HENRY, *aus dem Hintergrund*: Frag sie nach dem Vornamen, Richard.

CHRISTINA, *belustigt*: Nach meinem Vornamen? Warum wollen Sie ihn wissen? ... Christina!

HENRY: Dann stammt die Postkarte von Ihnen. Sie haben sie an Ihren Untermieter geschrieben.

CHRISTINA: Ist etwas Besonderes daran?

HENRY: Grüße. *Pause* – Hier, Sie können sie nehmen.

RICHARD, *grundsätzlich*: Verzeihung, doch da Ihr Untermieter Zugang hatte, muß ich Sie um die Erlaubnis bitten, auch einen Blick in die anderen Räume zu werfen. Es geschieht nicht zuletzt, um Sie selbst vor Unannehmlichkeiten zu bewahren. Wir haben Ihnen gesagt, was auf dem Spiel steht.

Henry: Tiefschlaf für den ganzen Bezirk.

Richard: Wir müssen sichergehn. Es tut mir wirklich leid.

Christina, *sie scheint alles wie ein unterhaltsames, wenn auch müßiges Spiel zu nehmen. Vielleicht erscheint ihr die Offenheit auch als Tarnung*: Es braucht Ihnen nicht leid zu tun. Es steht Ihnen alles offen. Inspizieren Sie, prüfen Sie. Sehen Sie nach dem Rechten, meine Herren. Stellen Sie fest, daß nichts da ist: – auch dazu muß man ja Mühe aufwenden. Und wenn Sie unsicher werden, fragen Sie.

Richard: Ich hoffe, daß wir nichts finden.

Christina: Nehmen Sie sich Zeit. Hier gibt es keine Verstecke. In dieser Wohnung ist alles öffentlich.

Henry: Öffentlichkeit ist das sicherste Versteck.

Christina: Was meinen Sie damit?

Henry: Erklär ihr das, Richard.

Richard: Nur Anfänger verbergen sich. Könner arbeiten am hellichten Tag, unter unseren Augen. Die beste Tarnung ist die Sonne ... Wir haben da unsere Erfahrungen.

Christina: Eigentlich müßte mein Mann schon zurück sein. Er ist nur zum Arzt gegangen, zum Augenarzt ... Er könnte Ihnen auf alles antworten.

Richard: Natürlich bedauern wir alles nicht zuletzt wegen Ihres Mannes ... Darf ich? *Er macht einige Schritte über den Korridor, Christina folgt ihm.* Durfte Ihr Untermieter die Küche benutzen?

Christina: Küche und Toilette, ja. Doch er hat sich nie lange in der Küche aufgehalten. *Pause* Was soll es denn sein, was Tom versteckt hat? Fläschchen? Tuben? Kanister?

Richard, *öffnet den Küchenschrank, es ist ihm ein wenig peinlich*: Ich sehe schon: alles in Ordnung.

Christina: Diese Platte ist ein Geschenk meines Mannes, sie ist handgearbeitet, sie stammt aus Marokko. Ich bekam sie zu unserm ersten Hochzeitstag, vor neun Jahren. Ist sie nicht wunderbar?

Richard: Hatte Ihr Mann beruflich dort zu tun?

Christina: Nein.

Richard: Ich dachte, Ihr Vater hätte ihn hingeschickt, von der Fabrik aus.

Christina, *belustigt*: Haarwasser und Schlankheitsmittel? In Marokko lohnt sich keine Filiale. *Pause* Wollen Sie die Tassen sehen, die Bestecke? Hier, dies Mokka-Service ist ein Geschenk des Senats. *Genießend* Die Widmung: Eberhard

Bosse, dem tapferen Verteidiger unserer Brücken – in Dankbarkeit und Anerkennung –

RICHARD: Ich habe es schon einmal gesehen, auf einer Fotografie, im Augenblick der Überreichung, im Rathaus.

Schließt den Schrank.

CHRISTINA: Einen Blick in den Eisschrank? *Sie öffnet ihn.* Für den Inhalt der Flaschen garantiere ich. –
Seit damals, auf den Brücken, leidet mein Mann unter künstlichem Licht. Er sitzt oft in einem dämmrigen Zimmer. *Pause* Als wir heirateten, habe ich ihm versprechen müssen, dafür zu sorgen, daß immer ein Gläschen zu trinken da ist.

Schließt den Eisschrank, Schritte, Henry kommt dazu.

HENRY: Nichts im Schrank und nichts im Sessel.

RICHARD: Nein, alles in Ordnung.

HENRY: Frag sie, was im Brotschrank ist.

CHRISTINA, *öffnet bereitwillig den Brotschrank*: Einfaches Landbrot. Wollen Sie sich überzeugen?

RICHARD: Die Küche ist klar, Henry.

CHRISTINA: Ich bin gern bereit, Ihnen alles zu zeigen. Ich möchte nicht, daß Sie das Gefühl haben, hier sei etwas verborgen. Ich kann Ihnen zu allem etwas sagen: jedes Ding hat seine Herkunft, ruft eine Erinnerung wach. Für mich ist es, als betaste ich meine Vergangenheit. Über allem liegt Klarheit.

HENRY: Klarheit wirkt ungemütlich.

RICHARD: Wir werden Sie nicht mehr lange stören, glaube ich.

Schritte zum nächsten Zimmer.

HENRY: Frag sie, wohin er gehen wollte vor zwei Tagen. Vielleicht hatte er ein Ziel.

CHRISTINA: Mein Mann?

RICHARD: Der Untermieter. Hatte er Freunde? Sagte er, wohin er wollte?

CHRISTINA: In die Vorlesung, wie üblich. Mein Mann nahm ihn im Wagen mit. Über seine Freunde sprach er nie zu uns. Er sprach überhaupt wenig. Er war ein großer Zuhörer.

HENRY: Das habe ich erwartet: ein ›großer Zuhörer‹.

RICHARD: Dürfen wir hier einmal hineinsehen?

CHRISTINA: Bitte. Das Badezimmer.

HENRY: Frag sie, was hier so gut riecht.

CHRISTINA, *belustigt*: Das ist unsere Seife. Wir beziehen sie aus Spanien. Sie heißt: Vision.

RICHARD: Ihr Mann kennt sich aus. Hätte ich kaum gedacht.

CHRISTINA: Erlauben Sie: was meinen Sie damit?

RICHARD: Wenn man bedenkt, daß er es war, der die Brücken vor der Zerstörung bewahrte: mitten im Feuer ... alles zur Sprengung vorbereitet ...

CHRISTINA, *ironisch-zurechtweisend*: Verpflichtet Tapferkeit zum Gebrauch schlechter Seife?

RICHARD: Das nicht.

HENRY: Man hat nur seine Vorstellungen.

CHRISTINA: Dann warne ich Sie. Machen Sie sich nie eine Vorstellung. Wir sollten nicht soviel mit dem Kopf denken.

HENRY: Womit denn?

CHRISTINA, *achselzuckend*: Mit der Haut ... mit den Augen ... Vielleicht mit den Fingerspitzen.

RICHARD: In diesem Fläschchen ...

CHRISTINA: Ist Rasierwasser. Tom benutzte das gleiche wie mein Mann. Beide haben sehr empfindliche Haut ... *Nachdenklich protestierend, es ist natürlich ein verstellter Protest.* Es ist undenkbar! Ich kann es nicht glauben, daß Tom an diesen Einbrüchen beteiligt sein soll. Apotheken! Was soll ihn ausgerechnet in Apotheken gebracht haben?

RICHARD: Bäckereien haben solch Zeug nicht vorrätig.

CHRISTINA: Tom, dieser bescheidene, schweigsame Junge. Sie hätten ihn kennen sollen: seinen Fleiß, seine Höflichkeit, die Bestimmtheit, mit der er über seine Arbeit sprach. ›Man muß früh seine Grenzen erkunden‹, sagte er, ›dann erreicht man das Äußerste.‹ Bedenken Sie, daß er Vollwaise ist.

HENRY: Erzähl ihr von unseren Erfahrungen mit Waisen und Witwen. Los.

RICHARD: In dem Schränkchen hinter der Waage, was ist das?

CHRISTINA: Es gehört mir, ich benutze auch das Badezimmer.

HENRY: Darf ich mal anfassen?

RICHARD: Du siehst doch, daß es weich ist. *Schlägt einen Vorhang zur Seite, Pause.*
Sehen Sie, hier haben wir auch nichts gefunden. Ich hoffe, wir können die Zeit der Störung bald beenden.

CHRISTINA: Für Ihre Pflichten brauchen Sie sich nicht zu entschuldigen.

RICHARD: Ich hoffe, wir werden Ihrem Mann alles ersparen. *Wenige Schritte.* Bei Ihnen stehen alle Türen offen. Hier fehlen sogar Türen.

CHRISTINA: Wir leben ohne Türen ruhiger, wärmer, näher, alles ist einsehbar. Wir mögen nicht anklopfen.

Pause

RICHARD: Und das ist Ihr Zimmer, vermute ich.

CHRISTINA: Nein, das Zimmer meines Mannes.

RICHARD: Die Fotografien an den Wänden? Es ist jedesmal er: Hier auf der Brücke . . . vor dem Rathaus . . . im Gespräch mit dem Bürgermeister . . . jedesmal: er selbst.

CHRISTINA: Seine Erinnerungen. Er hat ein Recht, sich damit zu umgeben. Schließlich ist jede verdient, unter Einsatz des Lebens.

RICHARD: Es lag mir fern, etwas Kritisches zu sagen.

HENRY: Man hat ein anderes Gefühl, wenn man sich . . . so vervielfältigt . . . selbst ansehen kann.

RICHARD: Diese Fotografie kenne ich: Ihr Mann bei der Bescherung der Städtischen Waisenkinder . . . Und die Medaille?

CHRISTINA: Eine Anerkennung des Bürgervereins. Verliehen am 11. April 1950, fünf Jahre nach dem Geschehnis auf den Brücken.

RICHARD: Sie haben wirklich ein gutes Gedächtnis, Sie wissen . . .

CHRISTINA: Wir wissen über einander Bescheid. Ich sagte es Ihnen.

RICHARD: Hatte Ihr Untermieter auch Zutritt zu diesem Zimmer?

CHRISTINA: Natürlich. Tom hörte gern zu, wenn mein Mann erzählte; dabei saß er auf dem Boden . . .

RICHARD: Auf dem Boden? Ach.

Pause

Schau dir das an, Henry: der Strom, sauber nachgebildet, und dazu das Modell der Brücken. Eine wundervolle Arbeit. Ist das auch ein Geschenk?

CHRISTINA: Eine Ehrengabe der Binnenschiffahrt, erhalten am 11. April 1955.

RICHARD: Ich denke, wir können uns dies Zimmer sparen.

HENRY, *meditierend*: Der große Schrank interessiert mich, Richard.

CHRISTINA, *vergnügt*: Bitte, tun Sie einen Blick hinein. Ich gebe Ihnen jede Erklärung, – wenn es sein muß, mit geschlossenen Augen. *Der Schrank wird geöffnet.*

HENRY, *erstaunt*: Schau mal, Richard: eine Uniform, eine richtige Uniform . . . Sogar der Vogel ist noch dran . . . und die Winkel auch . . . Obergefreiter . . . mein letzter Dienstgrad.

RICHARD: Meiner auch.

CHRISTINA: Mein Mann hat sich die Uniform aufgehoben, zur Erinnerung.

HENRY: Sympathischer Dienstgrad. Sind das Brandflecken?

CHRISTINA: Blut.

HENRY: Na, beruflich braucht Ihr Mann diese Verkleidung wohl nicht mehr.

CHRISTINA: Mein Mann geht keinem Beruf nach.

HENRY: Nicht?

CHRISTINA, *ungehalten*: Wünschen Sie vielleicht eine Erklärung dafür?

RICHARD: Wir können uns zufriedengeben. Verzeihen Sie.

CHRISTINA: Nur keine Großzügigkeit, die Ihnen schwer fällt.

HENRY: Da ist etwas runtergeflattert, ein Zettel . . . ein Abschnitt . . . von einer Geldanweisung: hier.

CHRISTINA: Danke. *Pause* -

HENRY, *scherzend*: Ich will hoffen, die Summe ist verbucht.

CHRISTINA, *abwesend*: Was meinen Sie damit?

HENRY: Die Wahrheit.

RICHARD: Auch in diesem Zimmer haben sich meine Hoffnungen bestätigt: Nichts . . .

CHRISTINA, *sie ist ein wenig betroffen, nachdenklich, dabei von plötzlicher, geheimer Unruhe erfüllt*: Das freut mich, das heißt: ich hatte es Ihnen ja vorausgesagt . . . Wenn Sie vielleicht noch in die Schublade sehen wollen . . . *Zieht die Schublade auf.* Erinnerungen, eine Sonnenbrille . . . Und hier, unter der Lampe, am Fuß der Lampe . . . *Sie stöhnt plötzlich auf, zittert wie unter großer Kälte.*

RICHARD: Was ist passiert, was haben Sie?

CHRISTINA: Nichts. Es geht schon wieder. Es war nur ein Schlag: die Steckdose . . . das Kabel . . . ich habe nicht aufgepaßt.

RICHARD: Setzen Sie sich hin, erholen Sie sich.

HENRY: Der Steckdose ist nichts anzusehen, Richard.

RICHARD: Erholen Sie sich.

HENRY: Dem Kabel auch nicht.

RICHARD: Wenn Sie etwas brauchen, sagen Sie es. Sagen Sie es ruhig.

CHRISTINA: Es geht schon wieder. *Pause* Warum ist mein Mann noch nicht zurück? Es dauert doch sonst nur einen Augenblick beim Arzt. *In spontaner Entscheidung* Ich hole ihn! Wissen Sie was, ich hole ihn einfach: es dauert gewiß nicht lange. Er ist ganz in der Nähe, eben um die Ecke. Er könnte Ihnen besser Auskunft geben als ich.

RICHARD: Es ist nicht der Mühe wert. Außerdem sind wir fertig.

CHRISTINA: Nein, nein, nein. Sie bleiben. Es dauert nur einen Augenblick, wirklich. Nehmen Sie eine Zigarette inzwischen. Mein Mann ist ganz in der Nähe. Wir sind gleich zurück ...

Tür, Schritte, vorsichtige Schritte auf Steinboden, Garagentür.

CHRISTINA, *leise*: Tom! Tom, sieh mich an!

TOM, *bitter, vorwurfsvoll*: Warum kommst du so spät?

CHRISTINA: Du mußt hier aus der Garage fort ... wir müssen ein anderes Versteck suchen.

TOM, *ironisch*: Ich weiß: ein Versteck außerhalb der Welt, ohne Mitwisser und Zeugen.

CHRISTINA: Tom *Zögernd* ... ich habe das Verbandszeug nicht bringen können. Es ging nicht. Wir müssen den Verband später wechseln. Sie sind oben bei uns, schon seit einiger Zeit.

TOM: Wer? Dein Held? Der Retter der Brücken?

CHRISTINA: Bitte, sag das nicht. Ich ertrage es nicht, wenn du so von ihm sprichst ... Sie sind deinetwegen oben, Tom. Sie machen Haussuchung in der Wohnung und könnten auch hier suchen, und dann ...

TOM: Dann werde ich ihnen die Hand geben, diese hier ...

CHRISTINA, *entsetzt*: Mein Gott, das ist ja schon wieder durchgeblutet. Das hört ja gar nicht auf.

TOM: Ich spür es nicht mehr.

CHRISTINA: Komm, gib mir die Hand. Ich nehme den Schal. Du mußt später zu einem Arzt. *Sie verbindet ihn.* Ist es zu fest? Ist der Knoten zu stramm? Sobald sie weg sind, bringe ich das Verbandszeug. Du mußt hier fort, Tom. Komm, ich bringe dich weg.

TOM: Wohin?

CHRISTINA: Vielleicht in die Neubauten drüben; sie stehen noch leer.

TOM: Bist du um dich besorgt oder um mich?

CHRISTINA: Warum fragst du, wir haben keine Zeit.

TOM: Du irrst. Gerade wenn uns alles zwingt, zu handeln, müssen wir Fragen stellen. Warum möchtest du, daß sie mich nicht finden?

CHRISTINA, *dringend*: Tom: das ist doch Wahnsinn, was du tun willst. Ich habe es dir in der ersten Minute gesagt, und ich sage es jetzt wieder.

TOM: Liebst du mich noch? *Pause* Nicht den, der ich war, Christina, sondern den, der ich bin?

CHRISTINA: Wie kann ich das trennen?

TOM: Die Splitter in meiner Hand stammen von der Paracelsus-Apotheke . . . In ihr bin ich zuletzt gewesen, ich habe an meinem Plan gearbeitet, Woche für Woche. Jetzt bin ich soweit; jetzt habe ich genug beisammen.

CHRISTINA: Still, Tom. *Pause* Nein, es war nichts. Ich glaube, es war nichts.

TOM: Jetzt werde ich einlösen, was ich dir versprochen habe. Ich versprach, eines Tages mit dir allein zu sein: im Zimmer, im Haus, in der Stadt. Hast du nie gemerkt, wie ich darunter litt, daß immer andere da waren? Wo ich dich sah, wo wir uns begegneten: kein Augenblick war rein. Jeder wurde uns zerstört von den andern: sie wurden meine Krankheit.

CHRISTINA: Was hast du getan?

TOM: Noch nichts.

CHRISTINA: Und warum willst du es tun?

TOM: Damit ein Tag kommt, an dem wir allein sind, du und ich: Was? Was ist mit dir?

CHRISTINA: Ich habe Angst.

TOM: Ach was! In Gedanken hab ich's schon oft getan: Es wird mir leicht fallen, sehr leicht. Ich werde einfach an den Rand des Staubeckens treten und werde alles, was ich zusammen hab, dem Wasser anvertrauen – auch das Zeug aus der chemischen Fabrik. Wasser ist nicht verräterisch.

CHRISTINA: Aber die andern, Tom, die das Wasser trinken?

TOM: Sie werden schlafen. Die Geister der Barbitursäure werden sie müde machen. *Mit Genugtuung seine Vision darstellend.* Stell dir vor: auf einmal werden alle in diesem Bezirk von Müdigkeit erfaßt: der Briefträger setzt sich auf die Treppe und schläft; der Schornsteinfeger kann sich gerade noch auf dem Teerpappdach ausstrecken; der Staatsbesuch legt seinen Kopf auf die Schulter des Protokollchefs. – Alle schlafen. Dann, Christina, dann sind wir allein.

CHRISTINA: Du bist verrückt, Tom. Was haben dir die Menschen getan?

TOM: Weißt du, Christina, warum meine Eltern Selbstmord machten? Ich habe dir nie den wahren Grund erzählt . . . Sie waren als Lehrer Rivalen. Sie wetteiferten, hervorragende

Menschen zu erziehen. Sie revolutionierten die Pädagogik und träumten, den Menschen zu bessern. Jeder versuchte, den andern zu übertreffen. *Pause* Der Lieblingsschüler meiner Mutter erschoß seine Eltern. Der Lieblingsschüler meines Vaters, den er ausersehen hatte, einmal an seine Stelle zu treten, wurde Chef der Geheimpolizei für die besetzten Gebiete während des Krieges . . . Meine Eltern waren ehrlich. Sie machten gemeinsam Schluß.

CHRISTINA: Du bist wahnsinnig, Tom. Du kannst das nicht vergleichen.

TOM: Warum nicht? Wir werden allein sein, Christina, und glücklich.

CHRISTINA, *überlegen und warnend, ihr Erschrecken hat ihr zu der nötigen Klarheit verholfen*: Man kann nur glücklich sein inmitten der andern . . . weil es sie gibt. Was du für dich in Anspruch nimmst, ist Wahnsinn.

TOM: Willst du mich jetzt allein lassen? Wohin gehst du? *Unsicher* Christina! Du kannst jetzt nicht gehen . . .

CHRISTINA: Ich kann nicht länger bleiben, ich muß ihn holen.

TOM: Den Helden?

CHRISTINA: Quäl mich nicht. *Pause*

TOM: Weißt du, wo ich das Zeug verwahrt habe?

CHRISTINA: Wo?

TOM: In deinem Zimmer; im Schrank unter der Fensterbank.

CHRISTINA: Ja, da fand ich es. Aber es ist nicht mehr dort. Ich habe es fortgeschafft . . . ich, Tom.

Pause

TOM: Du . . . Bist du dir klar darüber, was das für uns bedeutet? Für uns beide?

CHRISTINA: Ja, Tom. *Pause* Sobald ich fort bin, gehst du zu den Neubauten hinüber . . . Nimm den Weg an der Mauer. Geh in das zweite Haus unter den Bäumen. Die Arbeiter sind nicht mehr da. Geh in den ersten Stock.

TOM: Und du? Wohin gehst du? Wirst du mich warten lassen?

CHRISTINA: Nicht lange. Ich hole ihn, und dann bin ich bald bei dir. Es ist besser, wenn er jetzt zu Hause ist. Die Beamten verschwinden dann eher.

Tür, ihre Schritte entfernen sich. Wieder Schritte, doch die eines Mannes. Tür. Bosse betritt die Wohnung. Er kennt seinen Realwert und seinen Schätzwert. Es ist ihm gelungen, sich an seine Bedeutung zu gewöhnen. Eine geläufige Bescheidenheit kennzeichnet ihn.

BOSSE, *ruft*: Christina! Christina!

HENRY, *aus dem Hintergrund tretend*: Sag ihm, Richard, wo sie ist.

RICHARD: Guten Tag. Wir müssen um Entschuldigung bitten. Wir sind allein in der Wohnung und warten.

BOSSE, *geläufig erfreut*: Guten Tag, meine Herren. Lassen Sie sich nicht stören.

HENRY: Zeig ihm den Bescheid, Richard.

RICHARD: Wir haben einen Haussuchungsbefehl, Herr Bosse, ausgestellt auf das heutige Datum. Hier, bitte. *Übergibt das Papier*. Wenn Sie sich freundlicherweise überzeugen wollen ... Es tut uns natürlich leid, Herr Bosse ... Zumal wir gesehen haben, daß sich unsere Arbeit hier erübrigt ...

HENRY: Nimm den Bescheid wieder an dich, Richard.

BOSSE, *aufblickend*: Wegen Tom ist es?

RICHARD: Wir haben alles Ihrer Frau erzählt. Und Ihre Frau wird es Ihnen wohl erklärt haben, Herr Bosse.

BOSSE: Meine Frau?

RICHARD: Sie ist doch fortgegangen, um Sie zu holen.

HENRY: Ausdrücklich, auf eigenen Wunsch.

BOSSE, *ohne Verwunderung*: Dann müssen wir uns verfehlt haben. Ich war bei einem Arzt. *Mild, heiter* Aber ich bin trotzdem in diesem Augenblick gekommen: welch eine Übereinstimmung ... Ist das nicht wunderbar?

RICHARD: Sicher, Herr Bosse.

HENRY: So ein Zufall –

BOSSE: Ich würde es nicht Zufall nennen, meine Herren ... *Heiter* Eher wortlose Übereinstimmung, das Gespräch der Herzen – wenn Sie so wollen – über Räume hinweg. – Meine Frau wird sicher gleich zurückkommen ... Ich hoffe, das Warten ist Ihnen nicht zu schwer gefallen?

RICHARD: Mit Ihrer Erlaubnis haben wir alles hier bewundert: die Auszeichnungen, die Erinnerungen, die Bilder ... Wir haben uns mit Ihren Andenken beschäftigt. Einige der Bilder, Herr Bosse, kannten wir bereits ... Wir sind sehr beeindruckt, um es mal offen zu sagen.

BOSSE, *mit tadelloser Bescheidenheit*: Dabei ist doch nichts Besonderes. Im entscheidenden Augenblick folgte ich einfach dem Anruf einer inneren Stimme.

RICHARD: Genau das ist es, Herr Bosse: einer hört die Stimme, der andere nicht.

BOSSE, *geläufig, er hat es oft gesagt*: Man muß sich nur gerufen fühlen ...

HENRY: Von der Stimme?

BOSSE: Dann kommt alles darauf an, daß man sich eingesteht: du warst gemeint – niemand anderes. Und dann muß man sich die Freiheit nehmen, zu tun, als sei man der einzige, der handeln kann. – Sobald das der Fall ist, lassen sich die Widerstände rasch überwinden.

RICHARD, *interessiert*: Welche Widerstände?

BOSSE: Der vorher und der nachher; oder: die Angst, die vorausgeht, und die Angst, die folgt . . . Ein Cognac?

RICHARD: Danke, Herr Bosse. Wir haben noch Pflichten heute. Wir müssen den Bericht schreiben.

BOSSE: Sind Sie denn fertig?

RICHARD: Nicht ganz. Doch wir haben uns überzeugt, nichts zu finden in Ihrer Wohnung. Wir können auf die restlichen Räume verzichten.

BOSSE: Ihr Vertrauen ehrt mich. Aber wer sagt Ihnen, daß Sie nicht im nächsten Zimmer finden, was Sie suchen?

HENRY: Die Stimme vielleicht.

RICHARD: Wir wissen, mit wem wir es zu tun haben. Wir möchten nicht stören.

BOSSE: Eine Störung, meine Herren, ist zu ertragen. Was aber kaum zu ertragen ist, ist der Gedanke, daß Sie eine so schwerwiegende Untersuchung in der Mitte abbrechen. Ich möchte mir nicht sagen – oder nachsagen lassen . . . eines Tages . . . wer weiß . . . daß mit Rücksicht auf mich nur die Hälfte überprüft wurde. Man kann nicht nur ein bißchen Ehrenmann sein, meine Herren, entweder man ist es, oder man ist es nicht. Sie täten mir einen persönlichen Gefallen, wenn Sie Ihre Arbeit fortsetzten. Es wird auch im Sinne meiner Frau sein . . . Vielleicht sogar im Sinne von Tom.

RICHARD: Wir sagen uns nur: Vertrauen gegen Vertrauen.

HENRY: Und Wurst wider Wurst.

RICHARD: Wir hätten uns auf das Zimmer des Untermieters beschränkt, doch da er Zugang zu allen Räumen hatte . . .

BOSSE: . . . müssen Sie selbstverständlich alle Räume überprüfen. Gehen Sie Ihrer Pflicht nach, meine Herren; ich bitte Sie darum. An einem halben Freispruch kann keinem gelegen sein . . . *Pause* . . . Was gedenken Sie zu finden?

HENRY: Schenk ihm reinen Wein ein.

RICHARD: Schlafmittel und reine Substanzen von Schlafmitteln, unverdünnt. Sie stammen aus Einbrüchen. Mit allem, was Ihr Untermieter bisher zusammengetragen hat, könnte er einen ganzen Bezirk zum Träumen bringen.

BOSSE: Ich kann kaum glauben, daß Tom so etwas getan hat . . . Seine Eltern waren Lehrer, seine Erziehung –

HENRY: Sag ihm, Richard, welche Erfahrungen wir mit guterzogenen Jungens gemacht haben.

BOSSE: Dann wollen wir diesen Verdacht zerstreuen. Darf ich Sie zu seinem Zimmer führen?

RICHARD: Wir waren bereits da. Wir haben außerdem die Küche inspiziert und das Badezimmer. Wie erwartet: es war nichts zu finden.

HENRY: Mit aller Anstrengung nichts.

BOSSE: Und wo waren Sie stehengeblieben?

RICHARD: Hier, Herr Bosse, in Ihrem Zimmer. Es genügt uns.

BOSSE: Mir nicht, meine Herren. Sie werden verzeihen. *Bescheiden* Ich wünsche mir, daß Sie alles sehen, daß Sie einen freien Durchblick erhalten . . . Haben Sie meinen Schrank inspiziert?

RICHARD: Kurz, doch wir haben.

BOSSE: In diese Abseite?

RICHARD: Ja.

HENRY: Nein. Sag ihm, er soll sie öffnen, Richard.

BOSSE, *lächelnd, zufrieden*: So wünsch ich es mir. Bitte, überzeugen Sie sich.

HENRY, *überrascht*: Da ist ja eine halbe Drogerie, Richard, schau dir das an.

BOSSE, *souverän*: Alles Proben der Erzeugnisse aus der Fabrik meines Schwiegervaters. Wir erhalten sie zwar, doch wir brauchen sie nicht.

HENRY: Demnach kommt man hier ohne Haarwasser aus.

BOSSE: Meine Frau kauft es bei der Konkurrenz . . . offengestanden. Unter uns: wir unterhalten nicht das beste Verhältnis zu meinem Schwiegervater: er fühlt sich – sagen wir mal – ein wenig von mir durchschaut. Sie wissen, wie das ist.

HENRY: Wir wissen.

RICHARD: Die Etiketts sind geschmackvoll, das muß man anerkennen.

BOSSE: Das ist der Einfluß meiner Frau: sie hat wesentlichen Anteil an der Fabrik.

RICHARD, *es ist ihm peinlich*: Bitte, Henry, laß das! Wir brauchen uns doch damit nicht aufzuhalten.

HENRY, *bewundernd*: Ein schönes Bild ist das . . . Hier, Richard, auf dem Schreibtisch.

BOSSE, *bescheiden*: Unser Hochzeitsbild. Ich lernte meine Frau im Ruderclub kennen. Die Leute, die das Spalier bilden, sind Ruderer.

HENRY: Darauf hätte ich getippt, man sieht es ihnen an.

BOSSE: Man sieht uns alles an, sogar unsere Träume ... Übrigens, hinter uns die Trauzeugen: der Herr links, der Präsident der Handelskammer, ein tüchtiger Schlagmann ... auch meine Frau hat bemerkenswert gut gerudert, was bei ihrem Wuchs kaum glaubhaft erscheint. Sie hat mehrere Pokale gewonnen. *Pause* Wollen Sie sehen?

HENRY: In den Pokalen wird wohl nichts drin sein.

RICHARD, *anerkennend*: Bei Ihnen, Herr Bosse, sind es Medaillen und Ehrungen – bei Ihrer Frau Diplome.

BOSSE, *bescheiden abwehrend*: Manchmal bekümmern mich Auszeichnungen. Manchmal empfinde ich eine tiefe Melancholie bei den Ehrungen. Und wissen Sie, warum?

HENRY UND RICHARD, *gleichzeitig*: Warum?

BOSSE: Ich sage mir: wenn das Selbstverständliche geehrt werden muß – dann scheint der Mensch keine allzu hohe Meinung mehr von sich zu haben.

HENRY: Siehst du, Richard.

BOSSE: Ich frage mich: warum kann das Außerordentliche nicht das Selbstverständliche sein?

HENRY: Eben, warum nicht?

BOSSE: ... und komme jedesmal zu der Antwort, daß die Phantasie an allem schuld ist; die meisten Menschen haben das Pech, daß sie zuviel davon besitzen. Sie sind nicht mehr in der Lage, Außerordentliches zu tun. Vor jeder großen Tat müßte man die Phantasie abschaffen.

HENRY, *mißtrauisch*: Ich rieche etwas. Du nicht auch, Richard? Ganz eindeutig: so ähnlich könnte dies Zeugs riechen – nach der Beschreibung.

RICHARD: Dein Mißtrauen muß beleidigend wirken ... auf Herrn Bosse.

BOSSE: Ihr Mißtrauen gehört zum Beruf.

HENRY: Siehst du, Richard.

BOSSE: Ich rieche nichts, aber das soll wenig besagen.

RICHARD: Hatte Ihr Untermieter denn Zugang zum Zimmer Ihrer Frau?

BOSSE: Tom? Natürlich. Er gehört doch sozusagen zur Familie. Er wohnt bereits einige Jahre bei uns. Er konnte sich stundenlang mit der Wasser-Sammlung meiner Frau beschäftigen.

HENRY: Wasser-Sammlung?

BOSSE: Sehr einfach: meine Frau sammelt Wasserproben aus der ganzen Welt. Schon als Mädchen hat sie damit begonnen. Das kostbarste Geschenk, das man ihr machen kann, ist eine Wasserprobe aus einem fernen Fluß, einem kaum bekannten See. Ich erinnere mich noch, als ich ihr die erste Probe aus der Nil-Mündung mitbrachte. Lange saß sie schweigend und entzückt vor dem Fläschchen . . . Vorsichtig, meine Herrn . . . Berühren Sie am besten nichts in den Regalen.

RICHARD: Wenn man sich vorstellt, wo das überall geflossen ist.

HENRY: Und es ist jedesmal bloß Wasser?

BOSSE: Sehen Sie her: Mississippi . . . und hier: Totes Meer . . . eine Probe aus dem Mekong-Fluß . . . Wolga natürlich, Rhone und Sambesi . . . Großer Salzsee . . . Und dies, ein besonders seltenes Tröpfchen: eine Probe aus dem Quellgebiet des Jang-Tse-kiang.

HENRY: Aus der Elbe ist nichts dabei?

BOSSE: Die gewöhnlichen Proben sind auf dem Boden untergebracht.

RICHARD: Ich kann mir gut vorstellen, wie interessant das sein muß.

HENRY: Und abwechslungsreich.

BOSSE: Meine Frau kennt alle Sorten, unterscheidet sie auch ohne Etikett . . . Mitunter nimmt sie eine Glasröhre, schüttelt sie und sitzt dann lange davor und schaut zu. Es ist immer etwas zu sehen, etwas Kleines, Verborgenes.

RICHARD: Das ist mir selbst schon passiert, am Strand, an der Ostsee.

HENRY, *sachlich*: Jedenfalls riecht das Wasser nicht. Es ist ja auch verschlossen . . . Hier, am Fenster wird es stärker.

BOSSE: Unter der Fensterbank ist ein Schränkchen. Erlauben Sie . . . *Er öffnet den Schrank.* Wenn Sie freundlicherweise einen Blick hineinwerfen wollen . . . Tun Sie sich keinen Zwang an, etwa weil Sie im Zimmer meiner Frau sind . . .

HENRY: Beug dich mal hinab, Richard, und dann riech mal.

RICHARD, *gebeugt, eilig*: Ich kann nichts feststellen. Ich sehe nur Kinderkleider. Du irrst dich . . .

HENRY: Hast du hier Kinder gesehen?

BOSSE: Die Kleider gehören meiner Frau. Sie hat sie als Mädchen getragen. Sie fühlt sich außerstande, sie wegzugeben:

darin war sie einmal glücklich ... Sie können erkennen, wie zart meine Frau war ... *Lacht leise.* Allerdings nicht von ungefähr; mitunter, erzählte ihr Vater, hat sie mehrere Tage lang die Nahrung verweigert ... Man mußte ihr künstlich und mit Gewalt Appetit machen ...

RICHARD: Ich glaube, damit wären wir fertig.

BOSSE: Ihr Kollege ist nicht ganz der Meinung, und ich auch nicht. Meine Frau hat nichts dagegen, wenn wir uns bei ihr umtun. Hier liegt alles bis auf den Grund erkennbar. Wollen Sie einen Blick hier hineinwerfen? Der Schrank meiner Frau ... *Öffnet ihn.* Müßte mal geölt werden, das Schloß ...

HENRY: Mach du den Schrank, Richard, ich bleibe hier noch bei der Fensterbank.

RICHARD: Es ist doch wirklich nicht nötig, Herr Bosse ... Sehr schöne Kleider, Ihre Frau hat Geschmack.

BOSSE: Hier die original-ägyptischen Sandalen brachte ich aus Alexandria mit.

Pause

RICHARD, *plötzlich, unerwartet*: Und dieser Kasten?

BOSSE: Welcher Kasten?

RICHARD: Sehen Sie ihn nicht, an der Rückwand.

BOSSE: Ah, den Kasten. Interessiert er Sie? Vermuten Sie etwas Besonderes in ihm?

RICHARD: Macht es Ihnen Mühe, den Kasten zu öffnen?

BOSSE, *mit leichter Unruhe*: Keineswegs; nur – er enthält nichts Außergewöhnliches. Es ist unsere Hausapotheke, soviel ich weiß; zumindest die Hausapotheke meiner Frau. Wollen Sie darauf bestehen, daß ich sie hervorhole?

RICHARD: Ich bestehe nie auf etwas ... Ich bitte Sie lediglich.

BOSSE: Wie Sie wünschen. *Er zieht den Kasten hervor und öffnet ihn. Pause* Ich habe lange nicht hineingesehen. Meistens braucht ihn nur meine Frau.

RICHARD: Verbandszeug –

BOSSE: Schnellverband – erste Hilfe ...

RICHARD, *mißtrauisch*: Opium-Tabletten? *Pause* Erlauben Sie ... Henry?

HENRY: Der Geruch bleibt, aber er läßt sich nicht mitnehmen, Richard.

RICHARD: Schau mal her, einige Röhren mit Opium-Tabletten ... Sagten die uns nicht auf der Dienststelle, daß außer den Schlafmitteln auch noch Opium-Tabletten ...

HENRY: Zwei Sachen waren's, daran kann ich mich erinnern:

in einer der Apotheken vermißten sie einige Röhren mit diesen Tabletten . . .

BOSSE: Ich bewundere Ihren Spürsinn, meine Herren, aber Opium-Tabletten finden Sie in manchen Häusern dieser Stadt. Man kann sie käuflich erwerben.

RICHARD: Besaß Ihre Frau ein Rezept?

HENRY: Wogegen ist das Zeug, Richard?

BOSSE, *mit seiner ganzen Autorität*: Meine Frau ist gezwungen, solche Tabletten zu nehmen, ihr Arzt hat sie verordnet.

HENRY: Und wer garantiert uns das?

BOSSE: Ich. Genügt Ihnen das? Falls Sie zweifeln: Prof. Siemsen – Präsident der Ärztekammer – wird Ihnen die gewünschte Bestätigung geben. Wollen Sie telefonieren? Es steht Ihnen frei . . .

HENRY: Ich such die Nummer raus, Richard.

RICHARD: Nein, danke. Wenn Sie es sagen, Herr Bosse . . .

HENRY: Frag ihn, wogegen die sind, Richard, die Opium-Tabletten?

BOSSE, *mit Rührung*: Niemand kann sich seine Leiden aussuchen, meine Herren: das wissen wir. Niemand kann über seine Schmerzen bestimmen . . . Sie verfügen über uns . . . Meine Frau, sehen Sie, erhält häufig elektrische Schläge, viel zu häufig, gemessen an den Chancen, die der Haushalt dafür bietet . . . Es müssen die Nerven sein, das ganze Nervensystem . . . Sie fürchtet einen elektrischen Schlag, aber gleichzeitig fühlt sie sich von elektrischen Gegenständen seltsam angezogen . . . Wie gesagt, niemand kann sich seine Leiden aussuchen . . . Einer meiner Kameraden . . . damals an den Brücken . . . litt unter dem Anblick des Himmels. Er konnte keinen Himmel sehen, ohne sich unwohl dabei zu fühlen.

HENRY: Den Himmel: das habe ich mir gedacht.

BOSSE: Er wagte es nicht mehr, die Augen aufzuheben.

HENRY: Soweit kann es kommen . . . Und die Tabletten sind wogegen?

BOSSE: Sie besänftigen die Nerven, sie geben ihnen zeitweilig Frieden. Seitdem meine Frau regelmäßig die Tabletten nimmt, geht es ihr besser.

RICHARD: Geben Sie mir den Kasten. Bitte, Herr Bosse. Ich werde ihn wieder zurückstellen, wo er hingehört. Wo Ihre Frau ihn zu finden gewohnt ist. *Er tut es.* So, ich denke, nun sind wir durch.

HENRY: Und das Schlafzimmer? Willst du das Schlafzimmer auslassen?

RICHARD: Es ist doch wohl nicht anzunehmen, daß der Untermieter sich hier aufgehalten hat.

BOSSE: Treten Sie ruhig näher, meine Herren; nur keine unangebrachten Gefühle . . . nur keine Scheu.

HENRY: Erinnere dich, Richard, was wir schon in manchen Schlafzimmern gefunden haben!

BOSSE: Das glaube ich gern. *Wenige gemächliche Schritte.* Ich habe gelesen, daß es der Ort ist, an dem die meisten Verbrechen entstehen.

HENRY: Schläft er links, Richard?

BOSSE: Ich schlafe nie hier. Ich schlafe auf einem Feldbett in meinem Zimmer; es wird jeden Abend aufgeschlagen. Meine Frau kann nur einschlafen, wenn die Nachttischlampe brennt – meine Augen können künstliches Licht nicht ertragen.

RICHARD, *beflissen*: Seit damals, seit den Geschehnissen auf den Brücken.

BOSSE, *bescheiden*: Es ist ein Andenken, ja. Wir alle sind im Besitz von unerwünschten Andenken. Es ist, als ob unsere Vergangenheit darauf besteht, sich in Erinnerung zu bringen.

HENRY: Darf ich mal auf die Waage steigen?

BOSSE, *lächelnd*: Bitte, selbstverständlich.

Henry tut es. Pause

HENRY: Nicht zugenommen, Richard. Ich kann essen, soviel ich will: immer dasselbe Gewicht.

BOSSE: Wie Tom. Ihm geht es ebenso. Eine beneidenswerte Fähigkeit – so ohne Risiko zu essen.

RICHARD: Ich denke, wir sind klar, Henry. Wir haben Herrn Bosse lange genug aufgehalten, außerdem müssen wir den Bericht schreiben.

HENRY: Steig du mal auf die Waage, Richard.

RICHARD, *unwillig*: Wozu denn . . .

HENRY: Komm mal rauf, und schau hinter den Nachttisch.

RICHARD: Was soll da sein?

HENRY: Geh mal näher . . . so, und dann beug dich hinunter. Siehst du nichts? Siehst du das Ding?

RICHARD, *erstaunt*: Ein Revolver?

HENRY: Na, eben.

BOSSE, *überrascht*: Ein Revolver? Hier? *Lächelnd* Meine Frau weiß nicht, wie man solch ein Ding anfassen muß.

HENRY: In dieser Hinsicht haben wir erstaunliche Begabungen erlebt, nicht, Richard? Künstler sogar.

BOSSE: Allein der Gedanke daran ruft Heiterkeit hervor.

HENRY: Sollen wir mit lachen, Richard?

BOSSE: Aber Sie glauben doch nicht, daß meine Frau auf irgend jemand schießen könnte.

HENRY: Es kommt nicht auf die Kenntnisse an, sondern auf den Augenblick.

BOSSE: Wenn Sie meinen, daß jeder ein unschlüssiger Schütze ist, der nur auf den Augenblick wartet: – im Falle meiner Frau irren Sie sich.

RICHARD: Würden Sie uns sagen, woher der Revolver kommt?

HENRY: Und wem er gehört?

BOSSE, *bescheiden*: Mir, meine Herren. Ich darf wohl für mich in Anspruch nehmen, einen Revolver zu besitzen. Falls es Sie interessiert: die Waffe ist ein Geschenk, ein Andenken. *Lächelnd* Wollen Sie den Schein sehen, der mir das Tragen erlaubt? . . . Ich mache allerdings nie Gebrauch davon. Wahrscheinlich habe ich ihn verlegt.

HENRY: Verlegt?

RICHARD: Bitte, Herr Bosse. Wir brauchen keine Erklärungen. *Zurechtweisend* Mach jetzt Schluß, Henry. Was wir uns ersparen können, wollen wir uns ersparen.

HENRY: Du weißt, Richard, daß ich niemals darauf aus bin, mir etwas zu ersparen.

BOSSE, *mit heimlicher Ungeduld*: Das ist Ihr gutes Recht . . . Darf ich Ihnen noch mehr zeigen? Den Toilettentisch meiner Frau? Ihren Nähkasten? Vielleicht wollen Sie einen Blick in diese geschnitzte Truhe tun?

HENRY: Die Truhe, Richard, können wir uns noch ansehn.

BOSSE, *öffnet die Truhe. An der Wohnungstür wird mehrmals heftig geläutet*: Einen Augenblick. Ich vermute, das ist meine Frau . . . Fangen Sie schon an, meine Herren, ich bin gleich zurück . . . *Bosse geht forsch zur Wohnungstür, während das Läuten anhält.*

BOSSE: Ja – ja . . . ich komm ja schon.

Er öffnet die Tür. Pause. Dann mit unterdrückter Wut. Sind Sie verrückt geworden! Was wollen Sie! Ich habe Ihnen gesagt: nie zu Hause, niemals hier! Und jetzt . . .

FELIX: *Er ist ein kleiner, vergnügter Mann, auf unbestimmte Weise betrunken, so daß niemand sagen könnte, ob er bereits auf dem Wege der Ernüchterung oder erst auf dem Wege eines absoluten Besoffenseins ist. Er ist der Mann eines Zwischenzustandes. Niemand würde sich auch nur eine Sekunde auf ihn verlassen wollen.* Zum ersten Mal, Chef. Und ich komm auch nicht wieder. Es ist nur, weißt du, weil ich nachgezählt habe und mich immer verrechnet und den Fehler nicht finden konnte. Da hab ich mir gedacht, geh zum Chef und frag ihn –

BOSSE: Nicht so laut . . . Ich habe Ihnen gesagt: niemals zu Hause.

FELIX: Zum Schluß dachte ich, vielleicht hat der Chef selbst den Fehler gemacht und dir zu wenig geschickt. Kann dem Gebildetsten passieren, wenn er Scheine zählt.

BOSSE: Ich habe jetzt keine Zeit. Verschwinden Sie. *Leise* Sie haben alles bekommen.

FELIX: Entschuldige Chef, aber auf meine Birne hab ich mich immer verlassen. Auch nach der schlimmsten Sauftour: mit meiner Birne unterscheide ich noch jedes Pferd auf der Bahn. Es gelingt mir einfach nicht, blöde zu werden, obwohl es gut wäre für die Gesundheit.

BOSSE, *zornig und ungeduldig*: Sie müssen jetzt gehn, haben Sie verstanden. Verschwinden Sie!

FELIX: Wenn du dich anstellst, wegen deiner Frau – mir macht das nichts aus. Ich fahre immer gut mit den Frauen: sag ihnen über sich die Wahrheit, dann sind sie bedient. Hinterher muß ich sie trösten, indem ich ihnen die Wahrheit über mich erzähle. Was meinst du, wie viele mich danach fragten, ob ich schon verlobt bin.

BOSSE: Ich bin für Sie nicht zu sprechen. Merken Sie sich das!

FELIX: Das ist ja der Mist, Chef: ich merke mir zuviel, führe über alles Buch. Eine blöde Angewohnheit, die ich von meinem Alten habe: Kolonialwarengeschäft auf dem Dorf. Wach ich nach einer Tour auf – was meinst du, was ich zuerst tue? Ich schreibe jeden Pfennig auf, den ich ausgegeben habe. Und genauso mache ich es beim Wetten. Das wird noch einmal mein Unglück sein, Chef, daß ich über alles Buch führe.

BOSSE: Wir können hier nicht stehn.

FELIX: Ich will dich auch nicht aufhalten, bin nur auf einen Sprung gekommen. Mein Glas, weiß Gott, steht noch da, wie ich es verlassen habe.

BOSSE: Also, was wollen Sie?

FELIX: Du mußt noch einmal nachrechnen, Chef. Da fehlt ein Betrag, da ist eine Lücke. Ich bin nämlich angewiesen darauf, diesmal . . . muß nämlich ins Krankenhaus . . . Ja, da guckst du, aber ich muß wirklich hin. Es ist nicht auf die Dauer fabelhaft. Wenn du morgens im Waschbecken eine Rose siehst, die du selbst ausgespuckt hast, wird es Zeit. Hoffentlich läßt sich mit den Schwestern was anfangen. Ich will doch annehmen, daß es da auch blonde Schwestern gibt.

BOSSE: Wann, wann müssen Sie ins Krankenhaus, rasch.

FELIX: Na also! Ich wußte doch: mein Chef hat Mitleid!

BOSSE: Hören Sie auf! Antworten Sie.

FELIX: Nach dem nächsten Rennen. Die Rennen will ich noch abwarten, und dann laß ich den Schwesternchor singen.

BOSSE: Gut, Sie werden von mir hören. Sie werden den Rest erhalten. Jetzt verschwinden Sie.

FELIX: Bedaure, Chef, Scheine, die man in Aussicht hat, haben mir noch nie ein Gefühl der Wärme gegeben ... Du hast natürlich recht: ich sollte mehr Vertrauen haben, aber es fällt mir verdammt schwer, doch du mußt schon jetzt zur Kasse kommen.

BOSSE: Mein letztes Wort: gehen Sie.
Drin wartet Besuch auf mich –

FELIX: Und ich warte hier: das hebt sich auf ...

BOSSE: Sie sind ... Sie sind ein ...

FELIX: Na was? Jetzt bin ich gespannt, woher du diesmal dein Beispiel holst ... das letzte Mal war's ein Haustier.

BOSSE: Nicht so laut ... Ich werde Ihnen nie vergessen, daß Sie hierhergekommen sind, nach Hause ...

FELIX: Ach Chef, daran muß man sich gewöhnen: es gibt für jeden etwas, was er nicht vergessen kann. Ich zum Beispiel ... komme nicht von den Brücken los ... jedesmal, wenn ich drüber weg muß, zittern mir die Knie, und ich denke: hoffentlich fliegst du nicht wieder runter wie damals ... Immerhin, achtzehn Meter, Chef ... Damals hat's mir wenig ausgemacht: erstens schubste mich der verirrte Splitter runter, und zweitens stand ich absolut in meiner Maienblüte ... und das Wasser war auch warm.

BOSSE: Warum wiederholen Sie die Geschichte dauernd.

FELIX: Aus Hilflosigkeit, Chef ... Ich falle nämlich oft ... im Traum, geh ganz vergnügt zu Bett – sagen wir: nach einer Tour, hab jemand Nettes bei mir. Und später, wenn ich zu träumen anfange, stößt der mich in die Hüfte und schreit: Hör auf: Würg mich nicht ... worauf ich sage: ich will mich doch nur festhalten. Ich stürze ab ... Tatsächlich Chef. Im Traum arbeite ich mich vor auf der Brücke, suche nach dem lausigen Kabel und fetze das Ding auch kaputt ... bis dahin geht es. Aber dann knallt mir der Splitter gegen die Schulter, schubst mich runter, und ich falle die achtzehn Meter ... das Komische, weißt du, während ich falle, bleibt meine Birne klar, und ich denke: Sauerei oder was Ähnliches.

BOSSE: Ich verabscheue Sie.

FELIX: Das tu ich nicht ... Ich bin dir sogar dankbar, Chef, irgendwie ... Nämlich ich war noch nicht dran, damals, ich kam ans Ufer und verzog mich auf Nimmerwiedersehen und wollte den ganzen Mist vergessen – bis ich auf einmal eine Zeitung zwischen die Finger bekam, Jahre später ... Da war von Brücken die Rede und von einem ›Retter‹, und ich dachte, wenn alle ihm dankbar sind, dann mußt auch du ihm dankbar sein. Ist doch logisch. Zum Schluß hatte ich nur noch den Wunsch, mit dem ›Retter der Brücken‹ persönlich bekannt zu werden ...

BOSSE: Ich warne Sie zum letzten Mal: gehn Sie, bilden Sie sich doch nicht ein, daß man Ihnen die Geschichte abnehmen wird. Solch einem Subjekt ...

FELIX: Ich bin zufrieden, wenn du mir die Geschichte abnimmst, Chef. Die andern interessieren mich nur am Rande.

BOSSE: Wir sprechen uns noch einmal.

FELIX: Das bezweifle ich nicht. Sobald ich Verlangen danach habe, melde ich mich.

BOSSE: Dann rechnen wir ab.

FELIX: Dafür bin ich immer. Das habe ich von meinem Alten in seinem Kolonialwarengeschäft. Was hältst du da in der Tasche? Einen Revolver? Du willst doch nicht deinen Besuch erschrecken, Chef! Und außerdem: Wenn mir etwas passiert, wird man dir einige Fragen stellen: dafür habe ich vorgesorgt ... *Pause*

BOSSE, *zieht Geldscheine heraus, verächtlich*: Hier. Nehmen Sie, und jetzt verschwinden Sie.

FELIX: Danke, Chef. Ich wußte doch, daß man zu dir nicht umsonst kommt.

Er schiebt ihn hinaus, schließt die Tür, bleibt einen Augenblick schnellatmend stehen, macht fünf Schritte.

BOSSE, *bescheiden*: Kann ich Ihnen noch von einigem Nutzen sein, meine Herren?

RICHARD: Wir sind fertig, haben uns vollständig überzeugt.

BOSSE: Ich bitte um Entschuldigung, daß ich solange aufgehalten wurde ... Verpflichtungen: Sie wissen, wie das ist.

HENRY: Wir haben die Truhe, und was noch übrig war, selbst durchleuchtet.

BOSSE: Ich hoffe, es machte Ihnen keine Schwierigkeiten.

HENRY: Für mich beginnt die beste Arbeit, sobald es Schwierigkeiten gibt. Für leichte Sachen bin ich kaum zu gebrauchen.

BOSSE, *lächelnd*: Hoffentlich konnte ich Ihnen dann etwas bieten ...

RICHARD: Wir wünschten, es wäre überall so klar.

HENRY: Wenn ich an die Wohnung von dem Autoknacker denke: dagegen war dies blank wie ein See am Morgen.

RICHARD: Wir möchten noch einen Wunsch äußern.

BOSSE: Ja? *Pause*

RICHARD: Wir möchten Sie bitten, Herr Bosse, sich in keiner Weise zu beunruhigen ... Wir wären froh, wenn wir wüßten, daß Sie sich keine Sorgen machten. Eine Haussuchung ist nicht das angenehmste.

BOSSE, *bescheiden*: Sie haben nichts getan als Ihre Pflicht. Dafür habe ich volles Verständnis, meine Herren.

RICHARD: Danke. Wir werden Sie über den weiteren Verlauf unterrichten.

BOSSE: Sie sind mir willkommen.

HENRY: Das freut uns zu hören.

BOSSE: Ich habe das Gefühl, eine Haussuchung sollte man sich von Zeit zu Zeit leisten – wie einen Besuch beim Arzt. Man weiß nie, was sich heimlich festsetzt. Wenn erst die Schmerzen beginnen, ist es zu spät ... Wer Klarheit über sich gewinnen will, meine Herren, sollte ab und zu vor den Schirm treten ... In diesem Sinne.

RICHARD: Vielen Dank für Ihr Verständnis –

HENRY: – und für das Willkommen.

BOSSE: Auf Wiedersehen, meine Herren.

HENRY UND RICHARD, *gleichzeitig*: Auf Wiedersehen!

Schritte, Tür. Bosse setzt seufzend ein Glas ab, aus dem er getrunken hat, zündet sich eine Zigarette an. Schenkt sich aus einer Flasche ein.

BOSSE, *überrascht*: Christina! Wie siehst du aus! Offenbar sind wir aneinander vorbeigelaufen. Ich hab dich überhaupt nicht kommen gehört.

Christina schweigt

BOSSE: Was stehst du da! Komm, setz dich. Sie sind weg ... Komm, mein Hase.

CHRISTINA: Bitte, sag das nie mehr zu mir.

BOSSE, *sanft*: Was hast du denn? Wo soll ich helfen?

CHRISTINA, *entschieden*: Faß mich nicht an!

BOSSE: Was ist denn, um alles in der Welt? Ich war beim Augenarzt, weiter nichts. Du machst einem Angst. Fühlst du dich nicht gut?

CHRISTINA, *höhnisch*: Ich fühle mich sehr gut. Ich fühle mich so gut, wie man sich fühlen muß, wenn man endlich erwacht.

BOSSE, *ironisch*: Demnach darf ich voraussetzen, daß du geträumt hast, mein Hase.

CHRISTINA: Nenn mich nicht so. Ich ertrag es nicht.

BOSSE: Die Männer sind weg ... Sie waren sehr freundlich zum Abschied. *Lächelnd* Der eine war enttäuscht, weil er nichts gefunden hat ... Sie wollen uns über den weiteren Verlauf unterrichten ...

CHRISTINA: Hoffentlich wirst du alles erfahren. Hoffentlich wird dann alles – wie du sagst – ›am Tag erglänzen‹.

BOSSE: Ich fürchte, du bist noch nicht wirklich da, du träumst noch.

CHRISTINA: Ich habe lange geträumt, das hat sich jetzt geändert. Ich bin aufgewacht.

BOSSE: Und was hast du festgestellt? Hast du dich verändert oder die Welt? Ich vermute, du hast mir etwas vorzuwerfen.

CHRISTINA: Dir? Nichts! Ich habe nur mir etwas vorzuwerfen. *Pause* Und weißt du, was es ist? Meine Unwissenheit! Man öffnet die Augen und begegnet einem Fremden.

BOSSE, *noch ironisch und sanft*: Und der Fremde bin ich, mein Hase?

CHRISTINA, *sehr ruhig*: Ich hasse dich.

BOSSE: Nicht doch. Das ist nicht wahr ... Aus welchem Grund denn?

CHRISTINA: Weil ich mich schäme, wenn ich daran denke, wie ich gelebt habe. In welcher Unwissenheit. Alles, was du mir von meiner Vergangenheit gelassen hast, ist Scham.

BOSSE: Große Worte. Nichts als große Worte.

CHRISTINA, *bitter*: Dann will ich's dir in kleinen sagen, Bosse: ich schäme mich, weil ich trotz allem an dich geglaubt habe und stolz auf dich war. Ich schäme mich, weil ich dich sah, wie ich dich haben wollte – nicht, wie du warst ... Trotz allem ...

BOSSE: Wovon redest du?

CHRISTINA: Von dir. Oder: von dir und mir ...

BOSSE: Die beiden sind mir bekannt, seit langem.

CHRISTINA: Mir erst seit heute ... *Ironisch* Am heutigen Tag lernte ich durch Zufall Eberhard Bosse kennen, eine seit Ende des Krieges bekannte Persönlichkeit.

BOSSE: Willst du dich über mich lustig machen?

CHRISTINA: Ich wünschte, ich könnte es.

BOSSE: Was willst du dann?

CHRISTINA: Daß du dich zu erkennen gibst, einmal ... Daß du die Rolle ablegst für einen Augenblick ... *Pause, dann verzweifelt* Wieviel ist denn nötig, damit das geschieht! Ich war bei ihm, Bosse ... *Pause* Ich habe mit dem dreckigen kleinen Kerl gesprochen, dem du regelmäßig Geld an eine Kneipen-Adresse schickst ... Hier, das ist der letzte Abschnitt.

BOSSE, *drohend*: Ach so ist das! Du arbeitest als dein eigener Detektiv ... Und du hast natürlich geglaubt, was dieser schmierige Kerl dir sagte. Du glaubst ihm wohl mehr als deinem Mann.

CHRISTINA: Du hast dir seine Tat angeeignet, Bosse. Zuerst sie einfach genommen, dann dafür bezahlt. Du hast dir seine Vergangenheit gekauft.

BOSSE: Ich fragte dich, ob du ihm mehr glaubst als deinem Mann.

CHRISTINA: Ich glaube an die Wahrheit beim Aufwachen. Und an den Schmerz ... Faß mich nicht an!

Pause

BOSSE: Gut, du hast recht: wir wollen uns zu erkennen geben, Christina. Dies ist ein guter Augenblick dafür ... Ja, das stimmt: ich habe an diesen Kerl Geld geschickt. Ich habe ihn bezahlt, weil er die Kabel durchriß damals ... Aber ich war auch auf der Brücke, gehörte auch zum Kommando. Er weiß es ... Und wenn er mir nicht um ein paar Sekunden zuvorgekommen wäre ... Außerdem: ich habe nur eine Lücke ausgefüllt. Man suchte einen Helden und fand ihn in mir. Nun tu doch nicht, als wenn die Welt eingestürzt wäre.

CHRISTINA: Die Welt stürzt jeden Tag ein.

BOSSE, *aggressiv*: Ah, dir ist nach Verurteilung zumute, du spielst Hohes Gericht, bitte, ich hab nichts dagegen. Ich gehe vor keinem Tribunal in die Knie, und vor deinem schon gar nicht ... Hier, den Revolver fanden wir in deinem Zimmer. Du weißt, wem er gehört. Bedien dich, ich sitze dir zur Verfügung ...

CHRISTINA: Willst du mich schon wieder demütigen? Du weißt, daß ich es nie tun könnte.

BOSSE: Hat Tom vergessen, dir eine Gebrauchsanweisung zu geben?

CHRISTINA, *mit trauriger Genugtuung*: Ach – siehst du, jetzt kommst du zum Vorschein. Das ist der Mann, den du mir solange verborgen hast.

BOSSE: Und du? Wie lange hältst du es in deinem Versteck aus?

CHRISTINA: Was willst du damit sagen?

BOSSE: Daß wir uns ähnlich sind, kleiner Hase – das ist wirklich ein merkwürdiger Tag heute ... Noch als ich wegging zum Arzt, bildete ich mir ein, dich einigermaßen zu kennen. *Mit ironischer Bekümmerung* Auf dem Rückweg, ein zufälliger Aufenthalt an der Garage, und ich mußte feststellen, daß ich mit einer Fremden verheiratet bin.

CHRISTINA, *betroffen*: Du weißt nicht, was du sagst.

BOSSE: Mag sein. Aber ich weiß, was Tom sagte und was du gesagt hast. Auch er hat seinen Traum ... in einer leeren Welt ...

CHRISTINA: Tom bildet sich etwas ein. Er hat sich eine fixe Idee zurechtgemacht.

BOSSE: Du liebst ihn.

CHRISTINA: Er tut mir leid.

BOSSE: Das läuft auf das Gleiche hinaus, mein Hase. *Pause*

CHRISTINA, *mühsam beherrscht*: Also gut. Du hast uns zugehört, dann weißt du es ... Ja, ich liebe ihn in seiner Armseligkeit, in seiner Verzweiflung. Ich liebe die Dürftigkeit seines Traums ... So ist es, Bosse: meine Liebe hat dir nicht gehört, ebensowenig, wie dir deine Tat gehört hat.

BOSSE: Und warum bist du bei mir geblieben? Brauchte mein Hase vielleicht noch etwas anderes als Liebe?

CHRISTINA: Ich habe dir alles gesagt. *Pause* Nun?

BOSSE: Was nun?

CHRISTINA: Jetzt ist alles klar. Jetzt mußt du etwas tun ... Wozu hast du dich entschlossen?

BOSSE: Muß? Was ist denn geschehen? Die Unwissenheit hat aufgehört, ja. Wir haben uns zu erkennen gegeben ...

CHRISTINA: Ja. Es kann nicht mehr weitergehen.

BOSSE: Warum nicht? Ist es erträglicher, mit einem Fremden zu leben, als mit einem, den wir kennen?

Pause

CHRISTINA, *plötzlich*: Mein Gott, Tom muß das Verbandszeug bekommen. Seine Hand ist ganz zerschnitten!

BOSSE: Willst du, daß ich es ihm bringe?

Christina: Nein, nein.

Bosse: Ich weiß, wo er ist. Vielleicht ist es jetzt besser, wenn ich zu ihm gehe. Mit seiner Überraschung werde ich schon fertig werden.

Pause

Christina: Wie du aussiehst auf einmal: ganz anders.

Bosse: Das liegt an dir ... Bist du einverstanden, wenn ich Tom wegbringe für eine Weile?

Christina: Ich weiß gar nicht, wo der Verbandskasten ist.

Bosse: Ich weiß es ... Wart auf mich, hörst du? Warte, bis ich zurück bin. *Pause*

Christina: Und dann? Was soll dann geschehen?

Bosse: Dann geht es weiter. Was denn sonst?

Weit vor andern Ländern besitzt das Hörspiel heute in England und Deutschland Volkstümlichkeit und literarische Geltung. Warum gerade in diesen beiden Staaten mit ihren politisch ähnlich unabhängigen Rundfunksystemen? Warum nicht im kommerziellen Rundfunk der USA und im staatsabhängigen der UdSSR (und in gewisser Weise auch Frankreichs)? Darüber wäre mancherlei zu sagen. Doch ist auch der Vergleich zwischen den annähernd kongruenten Entwicklungen Englands und Deutschlands sehr aufschlußreich.

Durch Autoren wie Günter Eich, aber auch durch Fred von Hoerschelmann, dessen Hörspielstrukturen wesentlich realer sind und nichts vom »Träume«-Charakter besitzen, ist bei uns von vornherein Wert darauf gelegt worden, das dezidiert Eigene in der bloß fürs Hören bestimmten Kunstgattung zu entwickeln: das fließend Untergründige oder das virtuos Imaginative des zu akustischer Darstellung dienenden Worts. Auch die Jüngeren haben vielfach die Neigung, im Hörspiel auf jeden Fall »radiophonisch« zu sein. Oft gebärden sie sich sogar noch konsequenter – bis hin zur Forderung von »Schallspielen« und von Geräuschautonomie.

In England, obwohl es auch dort Hörwerke überwiegend radiophonischen Charakters gibt – man denke zum Beispiel an Dylan Thomas' ›Milchwald‹ –, gilt das Praktizieren von Eigenständigkeit nicht soviel, und man bemüht sich auch nicht sonderlich um eine Theorie der Eigenständigkeit. John Mortimer, Giles Cooper und mit ihnen viele andere Hörspielautoren bezeichnen ihre im Auftrag der British Broadcasting Corporation geschriebenen Werke zuweilen ganz treuherzig als Dramen. Oder sie schreiben sogar, wie etwa David Campton, Einakter oder aus Einaktern variationsartig zusammengesetzte Theaterstücke in Auswertung ihrer Rundfunkerfahrungen, ja vielleicht sogar mit einem Seitenblick auf Verwendbarkeit im Rundfunk. Auch der Übergang zum Fernsehspiel scheint ihnen darum nicht, wie uns, ein Problem zu sein.

Offensichtlich wird diese Haltung aber auch von den zahlreichen englischen Bühnen gewürdigt. Sie suchen, ganz gleich woher, in erster Linie moderne Menschen, moderne Problemdarstellung, wollen um keinen Preis nur Bildungs- oder Experimentiertheater machen. Selbst dem theaterfremden ›Milchwald‹ hat man, vermutlich aus diesem Grund, drüben zu Serienerfolgen verholfen. Allerdings sind es dort sicherlich nicht *nur* die Theater, denen die Kategorie des Formalen weniger bedeutet als die Kategorie der Zeitnähe. Wahrscheinlich haben die Engländer ganz allgemein weniger theoretisch-formale und mehr sachliche Interessen als wir.

Die Hörspiele von Siegfried Lenz, die hier in einem ersten zusammenfassenden Band vorliegen, haben weder den irrealen, lyrisch-metaphorischen Charakter Eichscher Texte, noch bemüht sich der Autor um impressionistisch-elegante Szenen- und Blendsprünge wie etwa Hoerschelmann in seinen besten Stücken. Die Hörspiele von Lenz sind vielmehr in der äußeren Form meist einfach und von szenischer Kontinuität und haben außer einem gelassenen Atem, selbst wo märchenhafte Handlungselemente dargestellt werden, etwas Realistisches wie die epischen Arbeiten des Dichters. Ihre innere Dialektik aber ist quasidramatisch – nur daß der Rundfunk im Gegensatz zur Bühne, die stets nach Aktion verlangt, ein genüßlicheres und genaueres Explizieren erlaubt. Dem folgt der Autor Lenz aber nicht, weil er dem Instrument ein Zugeständnis machen will, nicht aus theoretischen Gründen, sondern weil ihm die gemächlichere Art der Auseinandersetzung offensichtlich behagt, weil sie ihm beim Schreiben Vergnügen bereitet.

Wahrhaftig, Siegfried Lenz' Hörspielstil scheint in vieler Hinsicht mehr dem englischen als dem deutschen verwandt. Er ist der einzige unserer Hörspielautoren, dem geschehen konnte, was in England dutzendfach geschah: einer seiner Hörspieltexte wechselte fast unverändert aufs Theater über und errang dort nicht nur Erfolge, sondern wurde geradezu ein internationaler Erfolg. Es handelt sich dabei übrigens, genaugenommen, um zwei Hörspiele, deren zweites das erste fortsetzt und komplementär ergänzt, entstanden in zwei aufeinanderfolgenden Jahren: ›Zeit der Schuldlosen‹ (1960) und ›Zeit der Schuldigen‹ (1961). Je eines bildet den Akt vor und den Akt nach der Theaterpause. Natürlich ist nicht bei allen Hörspieltexten von Siegfried Lenz ein solcher Wechsel vom Studio auf die Bühne möglich; daß er jedoch in diesen zwei Einzelfällen so ohne weiteres geschehen konnte, ist kennzeichnend für alle.

Lenz ist ein dialektischer Moralist – aber dabei durchaus nicht, wie es heutiger Mode entspricht, ein Provokateur (Marcel Reich-Ranicki hat das in ›Deutsche Literatur in West und Ost‹ überzeugend dargelegt), sondern er will seine Hörer wie seine Leser behutsam bei der Hand nehmen und sie mit guten Gründen überzeugen. Seltsam, daß von einem solchen Manne – außer einem ursprünglich nicht für die Bühne gedachten Werk – nur ein einziger Theatertext existiert: ›Das Gesicht‹ (1964).

Bei den deutschen Bühnen und beim deutschen Publikum, das sich gebildet erbauen und zur Not auch noch ein wenig zerstreuen will, gilt Zeitproblematik nicht viel. Das zeigt sich ebenso an dem, Lenz in mancher Hinsicht verwandten, Dramatiker Martin Walser. Es ist seltsam, daß zwar nach dem Ersten Weltkrieg sofort eine Serie von sogenannten »Zeitstücken« über die deutschen Bühnen ging, daß aber *diesmal*, mindestens in den Jahrzehnten vor der Hochhuth-Kipphardt-Weiss-Welle, unsere Theater gerade in dieser Hinsicht ganz arm waren. Die Auseinandersetzung hat sich mit sicherlich weit über hundert nennenswerten aktuellen Problemstücken – trotz aller radiophonischen Theorie – nach 1945 ganz ins Hörspiel verlagert. Leider haben sich die deutschen Bühnen, im Gegensatz zur Praxis in England, nicht darum gekümmert, haben nicht wie die englischen versucht, die Autoren kraftvoll zu sich herüberzuziehen oder mit den Rundfunksendern zusammenzuarbeiten. Nur in ganz wenigen Fällen – außer bei Lenz noch bei Leopold Ahlsen und bei Gerd Oelschlegel – ist etwas Derartiges geschehen. Alle übrigen wurden, obwohl ihre Fragestellung oft durchaus von dramatischer Art war, ganz den Sendern überlassen und wandten und wenden sich nun heute, nachdem die »Aufarbeitung der Vergangenheit« keine neuen Erkenntnisse mehr zu ergeben scheint, mehr und mehr dem experimentellen Stil und dem Form- und Sprachlabor zu – sofern sie sich nicht dem meist undankbareren Dienst an Film- oder Fernsehskripten widmen wollen, wozu bei uns nur wenige geneigt sind.

Siegfried Lenz ist immer anspruchsvoll und zugleich hart an der Wirklichkeit und ihrer Problematik gewesen und geblieben. So repräsentiert er in unsrer Literatur wie in unserm Hörspiel etwas sehr Überzeugendes und Gesundes, und seine Modelle haben in ganz anderer Weise Gültigkeit als die aus Gestaltungsschwäche oft so schemenhaften, vieldeutigen, unbestimmten, die für alles und nichts stehen und die unsre jungen literarischen Experimentierer heute so gern liefern, weil sie so unverbindlich sind. Ihre Art hat Lenz in einem seiner Spiele, indem er auf der ›Hörbühne‹ eine Bühne aufschlägt, sogar einmal witzig persifliert; es handelt sich um ›Die Enttäuschung‹ (1966). Freilich ist die literarische Persiflage hier nicht Selbstzweck, sondern das humorige Augenzwinkern gilt einem sehr viel feineren und allgemeineren Phänomen: dem Homo ludens, für den oft nicht nur das Spiel Wirklichkeit, sondern auch die Wirklichkeit Spiel wird.

Durch den Humor haben auch die überwiegend ernsten Hörspiele bei Siegfried Lenz, auch die, in denen es um die Frage politischer Schuld geht, stets etwas außerordentlich Humanes. Auch die Umkehrung der ›Schuldlosen‹ zu ›Schuldigen‹ verrät in der Tiefe jenes Unpuritanisch-Heitere, ohne das alles Menschliche verdorren müßte. Auch die Geschichte jenes ehrgeizigen Diplomaten zeigt es, der – zum Glück nur beinahe – vor die Entscheidung gestellt wird, einen recht fragwürdigen Erfolg aus Gründen einer höheren Moral aus der Hand zu geben. (›Der Gesandte‹, 1964, in diesem Band nicht enthalten.) Auch ›Die Haussuchung‹ (1963) berichtet von einer derartigen Umkehrung: um strafrechtlich Bedenkliches hinter einer kaschierenden Fassade zu verhüllen, muß eine Prunkfassade, sogar eine staatlich sanktionierte, abgerissen werden. Man sieht: Siegfried Lenz ist einer der wenigen, die in dieser Zeit trotz der unmenschlichen Vergangenheit das Lachen oder wenigstens das Lächeln nicht vergessen. Dies aber ist, mindestens für die nicht mehr betroffene zweite Generation, unendlich wichtig, damit sie nicht, wenn die tönernen Moraltafeln und die Heldenbilder in falschem Barockstil zerbrechen, entweder zynisch oder wiederum nihilistisch reagiert.

Lenz weiß etwas von der heilenden Wirkung der Poesie, und davon wissen unsere heutigen deutschen Poeten sonst wenig. Sie haben über ihrer, sicherlich berechtigten, anklägerischen Haltung vielfach die Maßstäbe verloren und wollen nicht wahrhaben, daß trotz allem Gräßlichen und Absurden auch das Komische noch existiert und respektiert werden will, und zwar als das wesentlich Menschliche. Sie vergessen, daß – muß man nicht sogar sagen: zum Glück? – menschliche Irrtümer und Fehler nun einmal zum vollständigen Bild der Welt gehören. Die Grenze zum Unbegreiflichen und Unmenschlichen zu finden, ist ohne diese Erkenntnis unmöglich.

Die Kunst Siegfried Lenz' ist demgegenüber imstande, uns wieder einen wirklichen Raum von Freiheit zu verschaffen.

Dieser Raum kann in unserer Zeit selbstverständlich nur klein sein, er ist aber desto unentbehrlicher. Besonders die Funkkomödien des Autors, von denen zwei in diesem Band abgedruckt sind, zeigen das: ›Das Labyrinth‹, Siegfried Lenz' jüngster Hörspieltext (1967), und ›Das schönste Fest der Welt‹, sein ältester (1953), der mit seinem amüsanten szenischen Hin und Her noch am meisten dem seinerzeit gültigen Hörspielstil verpflichtet ist. Dieses älteste der Hörspiele von Siegfried Lenz hat thematisch eine gewisse Ähnlichkeit mit Günter Eichs ›Zinngeschrei‹, in dem zwei von Geburt sozial entgegengesetzte und verfeindete junge Männer ihre Positionen wechseln. Auf dem von Siegfried Lenz erdichteten Kostümfest der Millionäre erweist sich ungefähr das gleiche: die Positionen haben ein Faible füreinander, sie respektieren sich gegenseitig ebenso beinahe ehrfurchtsvoll, wie sie sich mit wütendem Haß verfolgen. Es ist »nahezu alles Verwandlung, von der Schauspielerei bis zum Stoffwechsel«.

Doch hinter den tiefsinnigen Sätzen des reichen amerikanischen Literaten Olaf Maxwell Oppelsheimer: »Verdient die Wahrheit überhaupt ernst genommen zu werden?« und »Dynamit ist ein Witzwort geworden, eine Sprengung die beste Volksbelustigung« verbirgt sich auf seiten des Dichters dieser köstlichen Figur aber nicht etwa Agnostizismus und hoffnungslose Verzweiflung, vielmehr wird eine Haltung sichtbar, die den humorlosen »Weltanschauungen«, den tödlichen Ideologien und dem falschen geistigen Besitzerstolz genau entgegengesetzt ist. Natürlich läßt sie sich nicht definieren, ganz einfach weil der Mensch und weil menschliche Freiheit nicht definiert werden können, ohne wiederum durch Ideologie zugrunde gerichtet zu werden.

Heinz Schwitzke

Siegfried

Lenz

Romane

Das Vorbild

Deutschstunde

Es waren Habichte
in der Luft

Der Mann im Strom

Brot und Spiele

Stadtgespräch

Szenische Werke

Das Gesicht

Haussuchung

Essays

Beziehungen

Erzählungen

Gesammelte Erzählungen

So zärtlich war Suleyken

Lehmanns Erzählungen oder
So schön war mein Markt

Das Feuerschiff

Jäger des Spotts

Der Spielverderber

Leute von Hamburg

So war das mit dem Zirkus

Über Siegfried Lenz

Colin Russ (Hrsg.):
Der Schriftsteller
Siegfried Lenz

Hoffmann und Campe

Siegfried Lenz

Der Mann im Strom
Roman
102

Brot und Spiele
Roman
233

Jäger des Spotts
Geschichten aus dieser Zeit
276

Stadtgespräch
Roman
303

Das Feuerschiff
Erzählungen
336

Es waren Habichte
in der Luft
Roman
542

Der Spielverderber
Erzählungen
600

Haussuchung
Hörspiele
664

Beziehungen
Ansichten und
Bekenntnisse zur
Literatur
800

Deutschstunde
Roman
944

Heinrich Böll

dtv

Irisches Tagebuch
1

Zum Tee bei Dr. Borsig
Hörspiele
200

Als der Krieg ausbrach
Erzählungen
339

Nicht nur zur Weihnachtszeit
Satiren
350

Ansichten eines Clowns
Roman
400

Wanderer, kommst du nach Spa . . .
Erzählungen
437

Ende einer Dienstfahrt
Erzählung
566

Aufsätze – Kritiken – Reden
616, 617

Der Zug war pünktlich
Erzählung
818

Wo warst du, Adam?
Roman
856

Gruppenbild mit Dame
Roman
959

Billard um halbzehn
Roman
991

Hierzulande
Aufsätze zur Zeit
sr 11

Frankfurter Vorlesungen
sr 68

dtv Lexikon

Ein Konversationslexikon in 20 Bänden.
Jeder Band ca. 320 Seiten; mit insgesamt über 100 000 Stichwörtern von A bis Z, 5600 Abbildungen und 32 Farbtafeln.
Dieses handliche Nachschlagewerk wurde vom Deutschen Taschenbuch Verlag nach den lexikalischen Unterlagen des Verlags F. A. Brockhaus erarbeitet.
Bei den zahlreichen Neuauflagen und Nachdrucken werden laufend aktuelle Ergänzungen eingearbeitet.
3051–3070